◎ 相约名家·"冰心奖"获奖作家作品精选 ◎

NAZHEWADAO
BENPAO

拿着瓦刀奔跑

蔡楠 著

高长梅　王培静/主编

九州出版社
JIUZHOUPRESS 全国百佳图书出版单位

图书在版编目（CIP）数据

拿着瓦刀奔跑 / 蔡楠著. -- 北京：九州出版社，2013.5
（2021.7 重印）

（相约名家·冰心奖获奖作家作品精选 / 高长梅，王培静主编）

ISBN 978-7-5108-2095-3

Ⅰ.①拿… Ⅱ.①蔡… Ⅲ.①中国文学 – 当代文学 –
作品综合集 Ⅳ.①I217.2

中国版本图书馆CIP数据核字（2013）第083838号

拿着瓦刀奔跑

作　　者	蔡　楠　著
出版发行	九州出版社
地　　址	北京市西城区阜外大街甲35号（100037）
发行电话	（010）68992190/3/5/6
网　　址	www.jiuzhoupress.com
电子信箱	jiuzhou@jiuzhoupress.com
印　　刷	北京一鑫印务有限责任公司
开　　本	710毫米×1000毫米　16开
印　　张	10
字　　数	144千字
版　　次	2013年5月第1版
印　　次	2021年7月第5次印刷
书　　号	ISBN 978-7-5108-2095-3
定　　价	36.00元

出版说明

冰心是我国现代文学史上著名的作家，她的儿童文学作品和散文在中国文学史上占有重要位置。

这里所说的"冰心奖"包括"冰心儿童文学艺术奖"和"冰心散文奖"。

"冰心儿童文学艺术奖"创立于1990年。创立以来，它由最初的单一儿童图书奖，发展为包括图书、新作、艺术、作文四个奖项的综合性大奖，旨在鼓励儿童文学作品的创作出版，发现、培养新作者，支持和鼓励儿童艺术普及教育的发展。其中，"冰心儿童文学新作奖"与"宋庆龄儿童文学奖"、"陈伯吹儿童文学奖"、"全国儿童文学奖"并称国内四大儿童文学奖。

"冰心散文奖"是一项具有权威的全国性的散文大奖。冰心生前曾是中国散文学会名誉会长，"冰心散文奖"是遵照其生前遗愿而设立的，旨在彰显我国散文创作的成就，不断评选出题材广泛、思想敏锐、着力表现现实生活，创作形式风格多样的优秀散文。"冰心散文奖"是与"茅盾文学奖"、"鲁迅文学奖"并列的我国文学界散文类最高奖项，也是中国目前中国散文单项评奖的最高奖。

《相约名家·冰心奖获奖作家作品精选》共收录近年来荣获"冰心儿童文学艺术奖"和"冰心散文奖"的三十位作家的作品。这些作品无论是小说还是散文，或抒写人间大爱，或展现美丽风光，或揭示生活哲理，或写实社会万象，从不同角度给青少年读者以十分有益的启迪。

随着中小学课程改革的深入与发展，让中小学生多读书、读好书早已成为共识。我社推出本套大型丛书，希冀为提升中国的基础教育、为青少年的健康成长尽一份力。

九州出版社

目　录

C O N T E N T S

目 录
C O N T E N T S

目 录

CONTENTS

水家乡

【鸬鹚】

我曾是一只野生的鸬鹚。我每年都从遥远的北方飞到遥远的南方去。白洋淀是我们候鸟的中转站。

可那年我被渔民陈瞎子的渔网逮住了。我就留在了白洋淀。陈瞎子当初是不瞎的，只是后来被我啄瞎了。那天，我飞过浩渺的水面，飞过远接百里的芦苇荡，来到了荷花淀。我看见了满淀的荷花艳丽无比，我看见了成群的鱼儿跳出水面闻香戏荷，我还看见了一群姑娘划着小船唱着渔歌采摘莲蓬。我落在一片硕大的荷叶上，将我鹰般的身体缩成了一只鸭的模样，我锐利的嘴被眼前的美景磨圆了。我忘记了自己是一个捕鱼高手。我想就是现在饿死，我也不愿破坏眼前的宁静啊。我呆了，我醉了。

不知过了多久，我的眼前刷地落下一道白光。荷叶倾倒，荷花飘零。我就被一张渔网罩住了。渔网慢慢收拢，提起后，透过缝隙，我看到了苇帽下一张黝黑年轻的脸，在船上，在阳光里得意地笑着，笑得眼睛都没了缝隙。我一下子就被激怒了。我缩成鸭一样的身体恢复了鹰的模样，铁青的羽毛闪着冷光，我磨圆的嘴重归锐利。等到那人撒网抓住我的双腿时，我奋力一扑，就啄住了他的左眼。我狠命地在缝隙中嵌入我钩状的嘴，一股鲜红顺着我的嘴汩汩而出……从此，陈大船就成了陈瞎子。

我还是成了陈瞎子的俘虏。我时刻准备迎接陈瞎子对我的报复。然而，陈瞎子眼伤痊愈以后，却给我带来了一只漂亮的母鸬鹚：它羽毛洁白，双目含春，翅膀缓缓扇动，犹如一团芦花飘落在了船上。我感受到了它强烈的召唤和无声的撞击。我在船头呐喊着，跳跃着，挣脱了捆我的绳索，一头扎进了汪洋恣肆的大淀。不一会儿，我叼上来一条欢蹦乱跳的红鲤。我把红鲤送到了白鸬的面前，我轻啄着它光滑柔顺的羽毛，急不可耐地说，白鸬，我不走了。

我就这样留了下来。陈瞎子成了我的主人。我开始接受他对我的驯化。不久，我和白鸬开始在白洋淀生儿育女了。白洋淀成了我的家乡。

【鱼鹰】

几年以后，陈瞎子成了白洋淀有名的鹰王。我们一家十口都成了他的鱼鹰。做鱼鹰是一件辛苦的事情。我们经常是清早就随陈瞎子进淀，傍晚才上岸。清早和傍晚鱼多，捕上来很快能让鱼贩子在早市和晚市上卖掉。陈瞎子真是一个精明的渔人。他总是卖给人们新鲜的鱼。陈瞎子的精明还体现在对我们的使用上。他在我们的脖颈上套一个草环，然后"嘎嗨嗨，嘎嗨嗨"地唱着，用竹竿拍打着淀水赶我们下船。我们抓到大鱼，只能吞一半，留一半，叼上船，他就让我们全部吐出来，只让我们吃他准备好的小鱼、黄鳝和猪肠。

可我们还是乐此不疲。我和我的白鸬率领儿女们不停地游动在风景秀丽的白洋淀里。草青青淀水明，小船满载鸬鹚行。鸬鹚敛翼欲下水，只待渔翁口令声……我们在捕鱼生涯里练就了高超的本领。我们每只鸬鹚单独作战，每天能从淀里逮住二三斤重的鱼。碰到大鱼，我们就协同作战。记得那一次围攻荷花淀里的鱼王花头，我、白鸬和儿女们有的啄眼，有的叼尾，有的衔鳍，一起把花头弄上了船。陈瞎子逢人便讲，我这鹰王逮住了鱼王，奶奶的，六十多斤呢！听到这话，看着陈瞎子独眼里抑制不住的光芒，我也用我的黑翅膀覆住白鸬的白翅膀，在儿女们的欢呼声里柔情地啄着它的脖颈。做鱼鹰真是一件幸福的事情。卖了那条大鱼以后，陈瞎子的好运来了。他换了大船，娶了媳妇儿，转年就有了一个双目齐全的儿子。

陈瞎子的好日月终于在白洋淀几度干涸后结束了。就像他的老婆在生完第四个孩子后突然病死一样。水干了，鱼净了，鱼鹰便没有了用场。我、白鸬和孩子们也难逃厄运。我的儿女们先后被陈瞎子卖到了南方，只剩下我、白鸬，一起陪着陈瞎子慢慢老去。

终于，在芦苇干枯、荷花凋败的时节，和我一起生活了二十多年的白鸬在吃了一只有毒的田鼠之后离开了我和陈瞎子。陈瞎子夹着铁锹，抱着白鸬，肩扛着我来到了村边的小岛上。他挖了个坑，把白鸬埋了。陈瞎子盖好最后一锹土的时候，我发现他的独眼里滚下了几大滴混浊的老泪。就在埋白鸬不远的地方，有一座孤坟，那是他老婆长眠的地方。

陈瞎子流完泪，把我抱住，一边梳理着我脏乱的羽毛，一边絮絮叨叨地说，老伙计，你走吧，天快冷了，你飞到南方去吧。淀里建了个旅游岛，再不去，你就会被我卖到那里供游人观赏了。没有了自然鱼，他们养了鱼，要你抓鱼表演给游人看呢！

陈瞎子把我往蓝天上送去。我抖动着衰老的翅膀，嘎嘎地叫了两声，艰难而又奋力地开始了许久不曾有过的飞翔。

我终于没能飞出白洋淀。尽管我曾是一只野生的鸬鹚，可我一点也找不到从前的野性。我已经融入了这方水土。白洋淀就是我的家乡。我在这个小岛上筑巢而居。我在干旱的淀边，凝望着天空，凝望着远方。我伸长了脖子久久地等待。我愿意做白洋淀最后的一只鱼鹰，最后的一个守候者。一直等到水的到来，一直等到鱼的到来。

后来，我就成了白洋淀一只长脖子老等。

行走在岸上的鱼

　　红鲤逃离白洋淀，开始了在岸上的行走。她的背鳍、腹鳍、胸鳍和臀鳍便化为了四足。在炙热的阳光和频繁的风雨中，红鲤细嫩的身子逐渐粗糙，一身赤红演变成青苍，漂亮的鳞片开始脱落，美丽的尾巴也被撕裂成碎片。然而红鲤仍倔强而执著地行走着，离水越来越远。

　　其实红鲤何尝不眷恋那清纯澄明的白洋淀水呢？那里曾是她的家园呀！那荷、那莲、那苇、那菱，甚至那叫不上名来的蓊蓊郁郁密密匝匝的水草，都让她充满了无尽的遐想。她和她的父辈母辈、兄弟姐妹在这一方碧水里遨游、嬉戏、生存，实在是一种极大的快乐啊！更何况红鲤是同类中最招喜爱最受羡慕最出类拔萃的宠儿呢！她有着与众不同的赤红的锦鳞，有着一条细长而美丽的尾巴，有着一身潜游仰泳的本领。因此红鲤承受着同类太多的呵护和太多的爱怜。

　　如果不是逃避老黑的魔掌，如果不是遇到白鲢，如果不是渔人们不停息的追捕，红鲤也许就平静地在白洋淀里生活了，直到衰老死亡，直到化为白洋淀的一朵小小的浪花。

　　厄运开始于那个炎热的夏天。天气干燥久无雨霖，白洋淀水位骤降，红鲤家族居住的明珠淀只剩下了半米深的水。红鲤家族不得不在一天夜里开始向深水里迁移。迁移途中，鲤鱼们遭到了一群黑鱼的袭击。那是一场心惊肉跳的厮杀。黑涛翻腾，白浪迸溅，红波激荡。鲤鱼们伤亡惨重。最后的结局是红鲤被黑鱼族头领老黑猎获，鲤鱼们才得以通行。

　　其实老黑早就风闻着垂涎着红鲤的美丽。因此老黑有预谋地安排了这次伏击战。老黑将红鲤俘获到他的洞穴，以一个胜利者的姿态享受着红鲤，折磨着红鲤，糟蹋着红鲤。红鲤身上满布齿痕和伤口，晶莹剔透的眼睛不几天就暗淡了下去。红鲤忍受着、煎熬着，也暗暗地寻找着逃跑的机会。

中午是老黑最为倦怠的时刻。为逃避渔人们的捕杀，老黑不敢出洞，常常是吃完夜间觅来的食物后便沉入梦乡。就是中午，红鲤悄悄地挣开老黑粗硬尾巴和长须的缠绕，轻甩尾鳍，打一个挺儿便钻出了黑鱼洞，浮上了水面。红鲤望见了水一样的天空，望见了鱼一样的鸟儿，望见树叶一样飘浮的渔船。老黑率领一群黑鱼一路啸叫追逐而来。红鲤急中生智，躲到了一只渔船的尾部。她看到渔船那个头戴雨笠的年轻渔人甩出了一面大大的旋网，旋网在空中生动地划一个圆，便准准地罩住了黑鱼群。

红鲤扁扁嘴，一个猛子扎入深水，向远处游去。接下来的日子，红鲤开始了对红鲤家族的寻找。寻找一度成为红鲤生命的主题。在寻找中，红鲤的伤口发了炎，加之不易觅食，又饿又痛，终于昏倒在寻找的水道上。

这时，白鲢出现在红鲤的生死线上。白鲢将红鲤拖进了荷花淀。白鲢用嘴吮吸清洗红鲤的伤口，一口一口地喂她食物。红鲤便复苏在白鲢的绵绵柔情里。

荷花淀里便多了一对亲密的俪影。红鲤红，白鲢白，藕花映日，荷叶如盖。红鲤和白鲢在无数个白天和夜晚听渔歌互答，看鸥鸟飞徊，享鱼水之欢。白鲢就对红鲤说，天空的鸟自由，也比不过我们呢，它们飞上天空，不知被多少猎枪瞄着呢！红鲤就提醒说，我们也不自由呀，荷花淀外的渔船一只挨一只，人们各式各样的渔具，都在威胁着我们，说不定哪一天我们就会成为网中之鱼呢！

果然，不幸被红鲤言中。一个午后，白鲢和红鲤出外觅食，兴之所至，便远离了荷花淀。他们穿过了一道又一道苇箔，绕过一条又一条粘网，闪过一只又一只渔叉，快活地畅游、嬉戏、交欢。他们来到了一个细长而悠邃的港汊间。这时一只嗒嗒作响的渔船开过来，白鲢看见　柄长长的渔竿伸下，一个圆乎乎的铁圈拖着长长的电线冲他们伸来。白鲢用尾巴一扫红鲤，喊了声快跑，便觉一股电流划过，一阵晕眩，就失去了知觉。

红鲤亲眼目睹了白鲢被电船电翻打捞上去的经过。红鲤扎入青泥中紧贴苇根再不愿动弹。她陷入了绝望和恐惧之中。一个越来越清晰的念头强烈地震撼着她：离开这里，离开水，离开离开离开——

天黑了，一声炸雷响起，暴风雨来了。红鲤缓慢地浮上水面。暴雨如注，水面一片苍茫。红鲤一个又一个地打着挺儿，一个又一个地翻着跟头。

突然又一阵更大的雷声，又一道更亮的闪电，红鲤抖尾振鳍昂首收腹，一头冲进了暴风雨，然后逆流而上，鸟一样跨过白洋淀，竟然飞落到了岸上。

那场暴风雨过去，红鲤便开始了岸上的行走。

此时红鲤的腹内已经有了白鲢的种子，可悲的是白鲢还不知道，他永远也不会知道了。就为了白鲢，她也要在岸上走下去。

红鲤不相信鱼儿离不开水这句话。她要创造一个鱼儿离水也能活的神话，她要寻找一块能够自由栖息自由生活的陆地。

那个夏天过后，陆地上出现了一群行走着的鱼。

鱼非鱼

【我是鱼】

我是鱼。我是荷花淀里的一条黄鲤。自从我的孪生姐妹红鲤在那个夏天逃离白洋淀行走在岸上之后，我就成了鲤鱼家族的鱼尖儿。我享受着同类的百般呵护和万千宠爱。我披着一身锦鳞自由地游泳。我打着挺儿妩媚地歌唱。我跳到碧绿的荷叶间激情地舞蹈。那时，我不是一条鱼，我是鲤鱼王国里一个骄傲的公主。

然而，骄傲的公主不久便遇到了麻烦。我遭遇了花头的追逐。花头是白鲢家族的首领，它的弟弟白鲢和我姐姐红鲤的爱情故事曾经在白洋淀360个淀泊广为传颂。但是花头就不一样了。它粗壮威猛，恃强凌弱，小鱼小虾经常成为它的口中之物。在它栖息的巢穴里，还经常有神情倦怠的鱼儿舔舐着伤口黯然离去，有的一边流血还一边甩籽。它是花头，它更是魔头。

花头是在我出外游玩的归途中拦住我的。它足有一米长的身躯横亘在荷花淀的入口处，眼光湿润润黏糊糊地罩住我，巨鳃不停地翕动。花头说，黄鲤黄鲤，跟我回去！我扁扁嘴，没有理它。它就一口叼住了我的尾巴，叼着拖到了它的巢穴。然后用背、腹、胸及尾部的鳍将我缠绕了起来。我不能挣脱。我流着眼泪喃喃絮语，你这花头，知道母鱼们为什么不喜欢你吗？因为你不会像白鲢对待红鲤那样对待我们啊。

我会我会，我改我改！花头突地就松开了鳍，接着把我推出巢穴，让一群鲢鱼送我回家。

其后我就目睹了花头的变化。它不再吞食小鱼小虾。它捣毁了自己的巢穴，把所有囚禁的母鱼都放了出来。那一段时间里，水下太平，各种生物和睦相处，荷花淀里时时泛起欢乐的浪花和动情的歌声。

随之就是那次大迁徙的到来。由于连年干旱，白洋淀水位急剧下降。荷花淀的鱼们不得不向深水淀泊迁徙。我随着鱼群游着，游过花头的巢穴。我看见鲢鱼们都走光了，只有花头守在那里，双眼空洞地望着远方浑浊的水域。

我说，花头走吧，不走会遭殃的！花头没有扭头，只是凄凉地说，黄鲤，是你呀，我在这里待了大半生，不想走，也走不动了！

我就是在这时发现花头的眼睛失明的。我问它怎么回事，它说前几天吃了游人丢弃的一堆食物，眼睛突然就变成这样了。

我为花头唏嘘不已。我决定留下来，留下来照顾花头。我改变了花头，我没有理由抛弃花头。

水位持续下降。可供我和花头栖息的水域逐渐缩小。当荷花淀仅剩下一间房子大小的水面时，我和花头被一个渔民捕捞了上来。

【我是观赏鱼】

我和花头成了观赏鱼。荷花淀干涸了，人们筑土为岛，建起了鸳鸯岛旅游区。鸳鸯岛土将我和花头买来放进了观鱼港，和先后放进来的大大小小各种各样的鱼们一起成了观赏鱼。

在别的鱼看来，成为观赏鱼是件很开心的事情。但我不，花头也不。于是人们看到一尾金鳞闪烁的黄鲤寂寞地游荡在喧闹的背后，看到一条硕大的白鲢王孤独强硬地仰躺在水面。有鱼食投下了。又有鱼食投下了。我没动。花头也没动。我听见了一个儿童尖细的嗓音在嚷：

看，爸爸，那条黄鲤怎么不吃我给它的食物呢？

它是条傻鱼。一个男人回答。

还有这条大鱼，它不吃，也不动。

它是条死鱼。男人又答。

傻鱼？死鱼？我气愤地一下跃出水面，盯了那个男人一眼，然后又疯狂地游到花头身边，用头顶着它，嘶哑着嗓子喊，花头，你死了吗？你死了吗花头？花头仍然一动不动。它只是慢慢地吸水，吸了好长时间，突然一仰头，急促地将水喷到了那个男人的身上。游客们惊呼着往后退去，花头也幽幽地吐出了几个字，我没死，但快了。

花头是有预感的。几天后，一个外国旅游团来到了鸳鸯岛。他们看上了花头，花重金要清蒸这条白洋淀最大的鱼王。人们开始追捕花头。花头反抗着追捕。它上下翻飞，左右摆动，撕裂了罩，撞破了网，最后它被逼到了观鱼港最狭窄的角落，一个跳跃，硕大的身躯向水泥池墙猛地撞去。血立时洇红了观鱼港，所有的观赏鱼都被血腥浸染透了……

【我是鱼】

花头死了。它没有被吃掉。鸳鸯岛主将重金退给了外国游客。岛上的员工把花头打捞上来，擦洗干净，放在了一条盛满水的机帆船上。同时放进去的还有我，和所有的观赏鱼们。

机帆船载着我们进入了一片浩渺的水域。这里，远处有苇，近处有荷，水面有菱。天边，还有一群鸥鸟在鸣叫飞徊。

我和观赏鱼们在船舱里被捞了上来，又被放进大淀里。一沾久违的淀水，我就又找回了往昔的黄鲤。

鱼们四散而去。我找到了同样被放进淀里的花头。我依偎着它一点儿一点儿下沉的身体，用水一样的声音轻轻地告诉它，花头你醒醒，我们自由了……

马涛鱼馆

渔船像口锅，翻扣在千里堤上。马涛也顾不得锅底的黑，就一屁股坐在了锅上，一边抹着汗一边对旁边气喘吁吁的马柱说，淀干了，爸！

是干了。马柱还在猫腰撅腚地擦拭船上的泥土，头也没抬。他想在船上涂一层油漆。爷儿俩刚刚把船从白洋淀里拖到了岸上晾晒。

你涂漆也没用，淀干水净，没鱼了，船也没用了。马涛眯缝起眼睛瞅着越来越强烈的阳光，这死老天爷，也不下场大雨，莫非让人心也要干透了？

马柱没听儿子抒情，拿着油漆瓶子和毛刷过来说，马涛你起来。

我起来干吗？马涛依然瞅着阳光，他已经瞅出了一个花花绿绿的世界。

你起来我刷漆！

你刷吧，我起来你刷吧！你好好刷！马涛说。

可我起来，我就走了。马涛又说。

你走我也得刷。我就不信这白洋淀不来水！马柱拽了儿子一把。

马涛就起来，从堤坡的小柳树上摘下他那件红色的衬衣，头也不回地走了。

马涛去了县城。离开了水的马涛徘徊在阳光下的城市里，感觉自己像一条行走在岸上的鱼。城市也是干的，城市里没有港汊，没有芦苇，更长不出荷花来。马涛把那件红色的衬衣脱下来，用手举过头顶，开始在大街上奔跑。衬衣就在风中铺展成一朵硕大的荷花。

能制作荷花的马涛在一个烹饪培训班里学习。不久，他应聘到一个单位做厨师。一天一顿午饭，马涛的活计就很清闲。干完活儿，还可以到传达室和警卫、保洁工聊天儿看报，侃侃世界杯什么的。马涛就觉得自己也成了单位的人，甚至产生了转正、找个城里对象的想法。他把这想法和食堂服务员温小暖说了。温小暖就笑着说，马涛你可真逗，你要是能转正，我他妈都当局长了。马涛听了这话，像泄了气的皮艇，一下子蔫在了水面上。

温小暖的打击刚刚过去，单位就换了个领导。新领导一上任就约法三章：全体职工中午一律回机关吃饭；有宴请也要在食堂安排；食堂要一天一个菜谱，保证饭菜的多样化。

吃饭的人多了，马涛就变得忙碌起来，再没有聊天儿看报侃足球的时间了。忙倒没关系，问题是众口难调。这些官老爷在外面吃顺了嘴，回到食堂不习惯，不是熬菜嫌咸了，就是做鱼嫌淡了，絮絮叨叨的指责计忙得一头汗水的马涛心里冷冷的。最不能忍受的是那天新领导的发火。那天本来领导吃得胃口挺好，还和大家有说有笑的。可吃着吃着就皱了眉，他从嘴里拽出了一根金黄色的头发。领导就把筷子啪地一摔，马涛你看这是什么？是不是白洋淀里的草？我要扣你的工资！

被扣工资的马涛就辞职不干了。临走前，他拿过一把大剪刀，找到正在午休的温小暖，咔嚓咔嚓把她染得金黄色的长发剪了个精光。

马涛又行走在城市的阳光里。他又一次把那件红色的衬衣举过头顶，让它招展成一朵盛开的荷花。招展完了，这朵荷花就飘落在黄家鱼馆的屋顶上。

黄家鱼馆的老板收留了马涛，喜欢上了马涛，并把家传的全鱼宴制作秘方传给了马涛。一时间，马涛成为全鱼宴的名厨。在他的主厨下，黄家鱼馆成为县城一个热闹的去处。

在品尝全鱼宴的人流中，温小暖来了。马涛看见她的头发长出来又染成了金黄色，像一条黄花鱼。跟在黄花鱼后面的竟然是单位的新领导。那天，马涛亲自给他俩上的菜。马涛笑吟吟地对领导说，领导，你不是不到外面吃饭吗？怎么还带了个俄罗斯小姐呢？

领导就十指交叉地笑着，马涛是你小子呀！这不是什么俄罗斯小姐，她现在是负责后勤的温主任，我带她是来向你学习的！

马涛就把一条红烧鲇鱼端到了他们面前。他在鲇鱼肚子里填上了一团头发。

马柱终于在黄家鱼馆里找到了马涛。那时马涛正和黄老板的女儿黄春健高兴地数钱。马柱啪一下就给马涛一个脖拐儿，你小子在这里玩开心了，我和你娘想你都想疯了！

马涛就被扇蒙了，被扇乐了。马涛对春健说，这是咱爸，你快去倒水！

爸，你早不来晚不来，偏偏在这鱼馆红火的时候来。你来了，我就该回了！马涛把钱放好，捂着半边脸说。

小子，白洋淀来水了，我那渔船又可以下淀捕鱼了——

马涛站起来，撇撇嘴，就你那破船？早过时了。我要买一艘快艇，还要把咱家临堤的房子拆了，盖个饭店。告诉你，不叫黄家鱼馆，也不叫马柱鱼馆，就叫马涛鱼馆！你说行不行？

你是说你答应回家了。马柱举起手来，又给了马涛一脖拐儿，不过这次没扇响。

马涛点点头，把马柱摁在了椅子上，望着鱼馆外面的车流人流和高楼大厦，慢慢地说，爸，城市好，可城市是别人的城市，不是我的。我的家在白洋淀，在千里堤上。

一个月后，风生水起的白洋淀边，荷香飘逸的千里堤上，马涛鱼馆正式开张迎客了。

芦苇花开

芦苇花开时节，鱼雁回到了采蒲台。

那天，鱼雁一下公共汽车，就碰上了千里堤上马涛鱼馆的老板马柱哥。虽然多年不见，但马柱还是一眼认出了当年水乡出了名的渔家靓妹。鱼雁从车上下来走到码头的时候，马柱正在给他的快艇加油，见了她，一卟子就把油桶扔在了堤坡上，哎呀呀，这不是鱼雁妹子吗？你也知道咱白洋淀引来黄河水了，这是回家旅游来了？你走这么多年，可忒该回来看看了。怎么你自己？孩子呢？妹夫呢？

鱼雁就红一下脸，反问，怎么柱哥，我自己回来咱白洋淀就不欢迎了吗？

瞧你说的，欢迎欢迎！俺们巴不得你和妹夫全家从城里搬回来呢！马柱哥搓着油手笑着，那天我和老等兄弟还念叨了你半天呢！

听了这话，鱼雁像一朵盛开的荷花突然经了霜，霎时凋零了不再年轻的脸。过了好久，她才慢慢地缓过来，柱哥，别提我的家好吗？我没家了，以后白洋淀就是我的家。真的，我这次回来就不走了！

鱼雁说得不错，就在昨天，她和丈夫蒙古办理了离家手续。说是离家不是离婚，是因为婚早就离了。房子钱财全部归她，上大学的女儿他来供给。他要的是自由。协议写好以后，俩人签了字，蒙古就急忙下楼钻进了那个女人的本田车，然后一溜烟地飞走了。

爱情远遁，婚姻如砸碎了的玻璃，扎破了20多年的时光。所有的一切都在时光里无情地渗漏。蒙古啊蒙古，你人都走了，我还要这房子和财产有什么用？我鱼雁当初可不是冲着你的房产才嫁给你的，我看重的是你能给我一种新的生活。那时候，白洋淀发现了油田，你们钻井队来这里采油，你就住在我们家。我给你做小鱼贴饼子，炖鲙鱼豆腐，熬黑鱼汤……你知道那鱼是哪里来得吗？那是老等哥光腔下淀捉来孝敬我爹娘的。可我都偷着给你吃。你吃了鱼不算，还把我也当鱼吃了。你说我这条鱼才是真正的鱼，白洋淀千百年来才出这么一条美人鱼。你还说，我这样一条美人鱼如果永远游在白洋淀里，那是白洋淀的残忍。于是你就把我带走了，带到了刚刚兴起的那个华北石油城。我走了，我的爹娘高兴，我终于可以成为城里人吃商品粮了。可我的老等哥傻了。载着我们的机帆船路过荷花淀的时候，我还看见他立在一只木船上，高举渔叉用力向远处掷去。阳光里，他像一尊黝黑的雕像。渔叉落处，必定有一条大鱼。可我不会再吃到老等哥的大鱼了。

生活中有比吃鱼更重要的东西。蒙古，我被你安排进了采油厂当工人。我和你就开始了20多年的城市生活。直到企业改制，我们都买断了工龄，离开了工厂，生活才出现了暂时的停歇。可后来又有了个政策，说是离婚的夫妻能安排一方上班。我就和你办了个假离婚。我让你上了班。谁知，你一上班就像射出去的子弹再也不回枪膛了。再后来，你就名正言顺地有了新的女人。我再也不是你那条爱吃的美人鱼了！

我成了城里一条干涸的老鱼。老鱼开始恋水，便想念自己的水乡了。于是，我回来了。哦，梦里水乡，你可淳朴如初？你可美丽依旧？

就在鱼雁愣神的功夫，马柱已经把汽艇收拾停当。他虽然读不懂鱼雁的心事，但他知道鱼雁再不是当年那条单纯的美人鱼了。她的心里窝着一汪水啊！他提高嗓门爽朗地对鱼雁说，妹子别想那么多了，回来好，回来就好啊！你看俺，这些年，开了饭店，盖了楼房，买了汽艇。咱水乡的好日子比大楼高，比歌厅宽，比超市亮。你看见这千里堤没？比堤还长。你看这满淀开花的芦苇没？比它还厚实！

对了，你知道不？人家老等可是发财了，马柱又说，你说那么粗壮的一个人，过去迷逮鱼，打你走后就像变了个人似的，发了几年蔫儿，话少了，可长心了。他又迷上了苇子。我多少次开船看他，他不是在苇地里转悠，就是在屋子里鼓捣。有时候就在一捆苇子上睡了，满脸的苇缨子苇叶子。你猜怎么着？人家成了水乡远近闻名的芦苇工艺师。他用芦苇、水草当材料，剪剪、贴贴、烫烫、刻刻的，就弄成了芦苇画。然后用镜子装裱上，能卖大钱呢！听说最近还和外国人做上了生意呢！只是，只是……这小子到如今还没个老婆，唉，鱼雁，他的心里满了，放不下别人了，这个老等没死心，一直在等你啊！

鱼雁心里窝着的那汪水就化作泪汹涌而出，哗哗地淌落在新水初涨的白洋淀里。盛开的芦花漫过来，包围了鱼雁。她赶紧别过身去，装着擦眼，抓过一把芦花把眼泪抹了。然后她笑着对马柱说，柱哥，我不想坐快艇，你找个木船来，我要自己划回家。我想好好看看咱们的白洋淀！

就这样，天还没完全黑下来的时候，鱼雁和船就回到了采蒲台。村口，祖先曾采蒲用的高台上，一个汉子站成了一棵树，正坚硬地等在那里。汉子的周围，飞舞着团团精灵般的芦花。

望水

舅妈风风火火地跑进了水文站，气喘吁吁地对我说，你大舅的老毛病又犯了，你快去看看吧！我那时正写水情汇报，就不在意地说，不就是在大桥上望水吗？你让他望去，反正他也快望到头了！舅妈从椅子上一下子把我拉起来，这次不一样，他都爬到桥栏杆上了，你再不去劝他，他就跳下去了。

我赶紧随舅妈出了水文站。在枣林庄大桥上，我看到了大舅笔直地立在桥中间的栏杆上，消瘦的身体立成了一株风中芦苇。春天的阳光已经膨胀出干旱的气息，像夏天一样炎热。大舅那一头从年轻就花白的短发，在阳光下放射着炫目的光芒。他一动不动地望着远方，把自己望成了一尊神。桥上桥下站满了看热闹的人。

我知道大舅的犟脾气。白洋淀水势浩大的年代，他辞了公职，从城里回到了老家。大舅说，他喜欢水乡的长堤烟柳，水月桃花；他喜欢淀里的苇绿荷红，鸟飞鱼跃；他还喜欢船上的渔歌互答，炊烟袅袅……大舅就傍水而居，一屋一船一妻，后又有一儿一女一孙。水乡成了大舅的栖息地。水成了大舅的魂儿。

可是后来白洋淀说干就干了。水干了，鱼净了，鸟飞走了，荷花开败了，芦苇干枯成了麦苗。大舅的船就翻扣在了干裂的淀底。许多人都刨了芦苇，种上了玉米大豆和高粱。大舅却立在千里堤上，立在枣林庄大桥上，透过绿油油的庄稼地眺望远方。舅妈看着别人的收成眼馋得不行，整天不停地嘟囔，我看你别叫旺水，干脆叫望水得了！大舅摸摸一头花白的短发，瞪瞪眼说，望水就望水。望水有什么不好？

好是好，可水终究没有望来。大舅不是老天爷，也不是龙王爷。更不能让黄河之水流到白洋淀来。可大舅能在白洋淀挖出水来。他请来了城里的打井队，在自家承包的苇田里挖了一口池塘，用井水养起了鱼。大舅对舅妈说，有水的时候粮食比鱼贵，没水的时候鱼比粮食贵，八月里卖了这一池塘鱼，就够咱儿子上大学的学费了！大舅和舅妈就整天守在鱼塘边，像守护着儿子一样。

一天早上醒来，大舅却看见鱼塘里的鱼都浮上来了，而且还把白花花的肚皮翻给他和舅妈看。大舅很纳闷，心说这鱼也通人性，是不是想上岸和我说说话啊？等他用抄网捞上两条鱼一看，他惊叫一声，一下子就昏了过去。

那是一池白花花的死鱼。

还是舅妈心细，她沿着鱼塘转了一圈儿，发现在靠近一片玉米地的边缘，有一股污黄的水流进了鱼塘。顺流而上，舅妈穿过枯萎的玉米地，走了不远的一段路，就看见了堤坡上冒着黑烟的造纸厂。

大舅一纸诉状把造纸厂告上了法庭。就是在等待判决的日子里，大舅望水的瘾头越来越大了。后来严重到几年不吃不喝，也不说话，不上家，一年四季没日没夜地围着白洋淀转悠。转悠累了，就定定地望着远方。望了西边望东边，望了天上望地下。望得日沉红影无，望得风定绿无波。舅妈就长叹一声，这老头子已经不是人了，他早就丢了魂儿了！

只有我知道大舅的魂儿丢在了哪里。

水利大学毕业以后，我分到了白洋淀枣林庄水文站。我开始一步一步走进我大舅的世界。我发现大舅也不是天天那么面无表情地瞎转悠。只要一提到水，甚至只要阴天下雨，大舅的魂儿就暂时回来。在大舅丢魂儿的那些年里，白洋淀也时不时有过水，有的是上游水库放的，有的是从外地买来的。但终究没能找回往昔水天一色的浩渺。我把这水信息在报给上级的同时，也报给大舅一份。大舅听完我的汇报，总是领导一样点点头，眼睛放射出仍然有魂儿的光芒。然后就来到他的船前，唰油漆。大舅唰完船，又唰自己。大舅就成了一个漆人。

直到如今，水没有托起大舅翻扣在淀底的船，白洋淀边的这个漆人，也没能再度扯起白帆。他仍然痴迷在望水的境界里。

不过今天，我想我能唤回大舅的魂儿。我挤过看热闹的人群，来到大舅的近前。我把手里的一份红头文件举过头顶，大声喊道，大舅，来水了，来水了，黄河水马上就要引来了！水量入淀高程今年会达到7米呢！大舅没有回头，却说了话，我知道，那是我望来的天上之水。看，她已经来到我的船前了，我要去开船了！

咚的一声，大舅从桥栏杆上跳了下来。桥上那株风中芦苇，又变成了活生生的男人。

我知道，大舅的魂儿又回来了。

金月亮

安静六岁或者五岁那年，她和小朋友们一起到白洋淀游泳，突然在淀边摔倒了。爬起来以后，她就觉得自己的身体有些异样。手伸不开，腿伸不直，也没有疼痛，就是浑身软绵绵的，没什么力气，走路直摇晃。怪了——

安静的父亲逢人便嘟囔，我家祖宗八代都没有什么遗传病，更没有干过什么缺德事，怎么到我闺女这儿就得这种怪病呢？

父亲就领着安静到城里看医生。医生也说不出来是什么病，就给做了手术，安静也没有恢复。直到有一天，终于站不起来。父亲不再嘟囔，而是给她买了个轮椅。从此，安静的轮椅人生就开始了。

其实轮椅就轮椅吧，不影响吃喝，不影响上学。安静功课很好，也知道国家允许她这样身体的人上大学。可是后来一系列的变故，使安静有些措手不及了。

先是父亲出了事。白洋淀水位下降以后，淀里无鱼可打。没有了鱼和水，便没有了渔民的灵魂。父亲和几个邻居投资买了一条大船，他们到渤海湾出海打渔去了。经常一去就是一年。谁知在一次深海捕鱼时，突起飓风巨浪，船和人再没有回来。

接着就是母亲改嫁东北。母亲走的时候搂着三个孩子说，静儿，你有怪病，娘就又生了安康和安宁，可还是不行。你弟傻，有智障，整天流着大鼻涕，话也说不顺溜。你妹拐，天生软骨病，离了拐走不了路。不是当娘的狠心，娘命不济，克夫克子，娘留在这里，说不定连一村人都跟着遭殃呢！

娘走了，娘用荷叶包着一把白洋淀的泥土走了。把留着大鼻涕的傻弟弟和拄着拐杖的瘸妹妹留给了安静。安静望着母亲风雨中的背影，对哭天抹泪儿的弟妹说，别哭了，娘走了，往后，姐就是你俩的娘！

当娘就得有当娘的样子。安静离开学校，进了一家服装厂上班。她坐着轮椅来到了缝纫机前。她把线轴绕在梭子上，把线头穿在缝纫机针上，把布料铺在了针下，然后试着去蹬踏板。绵软的腿劲儿使不匀，针下来了，伸不舒展的手指却躲不开，一下子穿透了她的拇指。血流出来，她的泪也流出来了。她把血在褂子上蹭干，又蹬。食指又被穿透了。这次她没有流泪。她只是把食指放在嘴里吸吮。边吸吮边蹬踏板，边观察针头上上下下的频率。观察了半天，心里有数了，又接着干。踏板、续布、躲针。啊！成了！她把自己的手指拧在了自己的大腿上。

一月以后，安静的手脚适应了缝纫机，她做出的活计比健康的工人还多还好。厂长田螺给她发了工资，又给了她100元奖金。

安静用工资奖金交了学费。她把安康安宁送到了学校。那天中午，她从服装厂摇着轮椅回到家的时候，看到安宁一人挂着拐杖脆生生地读课文。雨后的阳光照到院子里，灼热而湿润。安静赶紧点火做饭。柴火是淀边的蒲草，不好着。只冒烟没火苗。安静从轮椅上扑下身子用嘴去吹，噗——，噗——，由于用力过猛，一下子栽倒在灶火旁。火在这时候腾的一声着了，她的头发瞬间被燎光了。

吃饭的时候，才发现安康不在。安静就问，你哥呢？你哥怎么没和你一起回来？安宁说，在学校排好队分好桌，他在桌子上刻字，老师就让他在院里罚站，放学后我没见到他。

安静骂了一句死妮子，就出溜下炕，上了轮椅。她把轮椅摇成了自行车。轮椅自行车飞一样把她带到了学校。门卫看着她的光头，怪笑着告诉她，一帮罚站的小孩最后走的，起着哄到白洋淀里洗澡去了。

摇椅自行车就又把安静带到了白洋淀大闸前。安静知道，这里水面宽阔，水清波平，是孩子们的乐园。果然，安康在这里。光屁股的安康此刻立在10米高的闸板上，张开双臂像一只水鸥，正要展翅飞翔。一群孩子戴着荷帽吹着苇哨，正击水呐喊。安静急了，她想大声阻止安康，可急火攻心却说不出话来。她只能眼睁睁地看着安康往前一跃。她的眼珠飞了出去，随着安康的身体在空中翻了个个儿，然后坠入水中。安康溅起了几点水花，入水动作漂亮极了。安静的眼珠又回到了眼眶。就是在这时候，安静突然对自己说出了话，我弟弟怎么会有智障呢？有智障的孩子怎么会跳出这么漂亮的动作呢？

安康水淋淋地来到了安静的轮椅前，等着挨骂。他却看见他的光头姐姐笑了。姐姐摸着他的脸，把他的大鼻涕抹净说，安康，你真棒，你练跳水吧，姐支持你！

不久，安静在田螺的帮助下，购买了几台编织机，开了一家精品毛衣编织店。后来又与田螺合伙开了一个白洋淀芦苇工艺编织厂。2008年，安宁考入了北京农业大学，安康参加了在北京举办的残奥会，获得了一枚跳水金牌。

颁奖仪式上，安康和安宁把安静推到了领奖台前。他们把那枚金牌，恭恭敬敬地戴在了姐姐的脖子上。

那晚，正是中秋，天空挂着一轮金月亮。

我像只鱼儿在你的荷塘

　　日子就像这白洋淀的芦苇，一眼望不到边际，有时候连个缝隙都看不到，轻舟在千里堤上开始讲了，他把双拐从腋下抽出来，垫在屁股下面坐好，眼睛就望着他说的那一眼望不到边际的芦苇，他的眼光就被芦苇吸住了。

　　我是啥时候觉得日子像芦苇的呢？是我被查出患上类风湿关节炎以后。其实这不是啥大病，就是大腿关节疼痛、肿胀、僵硬，还只是早晨有症状，午后就没事了。我就没在意。说实话，我是不愿意去大医院看病，那时候没新农合，看病难啊。我在温泉纤维布厂打工，蓼花在家带着轻清和轻亮。那时候轻清4岁，轻亮才6个月。我一个人的工资，养着全家，哪里还有看病的钱呢？我就在小诊所拿点药片啥的对付着，反正咱也年轻，身大力不亏，兴许挺挺就能过去了。可是，后来就觉得不对劲了。有时候全身发热，体重减轻，下班回来就昏昏欲睡，腿也伸不开了，走路也瘸了，再后来干脆起不来炕了。蓼花用船从白洋淀把我拉到县城码头，用三轮车把我拉到医院去检查，医生说我的病已经转化为股骨头坏死了，而且治不好了。在医院里，在路上我没表现出什么，我甚至还给蓼花讲了个笑话。回到家，当蓼花去厨房给我烧水吃药的时候，我的头抵住了我的腿，只轻轻一抵，我就绷不住了，眼泪像千里堤决口一样，无休无止了。

　　我哭了大概有五天吧，就觉得眼里再流出来的是血了。我情愿这样流下去，然后流干，然后死掉。蓼花也陪我流泪，也陪我流血，但她说不会陪我死掉的，她流够了泪流够了血，就擦干泪痕和血迹，把我背上木船，青篙一点就下了水，就进了白洋淀。蓼花划着船说，轻舟，我包了一块苇地，你看就是那块——我顺着她的手指望去，我望见了前面十字港汊交汇处的那块苇地，我还望到了苇尖尖上一只红嘴儿小鸟在跳来跳去。

　　我要在这块苇地上养鸭——蓼花双臂用力一划，小船就抵达了那块苇地。

蓼花就这样挑起了我的担子。她借钱买办了个小鸭厂。她每天天不亮就起床，喂鸭，做饭，伺候两个儿子起床，伺候我们吃饭吃药，然后送轻清轻亮上学，然后还去温泉纤维布厂打零工……渐渐地，在蓼花急匆匆的脚步里，她的纤细的身影变得粗壮了，她的红嘴小鸟儿一样的声音变得浑厚了，她的温柔的小手长成了蒲扇。那不是蓼花，那是我。那是另一个我。

本以为这样的日子慢慢能凑合下去。因为我们已经走出了一片密不透风的苇地，看到了日子里星点的亮光。谁知儿子又出事了。那年的一天中午，轻清放学后，走下堤坡，想划船去鸭场，他想去替蓼花喂鸭子。刚刚拐进一条港道，就被飞驰而来的一艘旅游汽艇给撞了。木船散了架，轻清轻轻的身子飞到了天上，又落到了水里……

轻清的脑子被撞坏了。轻清只能辍学了。本来轻清就一直嚷嚷着辍学去工厂打工，供成绩更好的弟弟上学。蓼花一直没同意。现在可好了，想上学也上不成了。还有刚刚小学毕业的轻亮，全乡考了个第一，恐怕这学也上不成了。

老天爷啊——我爬到堤上，喏，就是现在这个地方。我用拐砸着我的腿，我想把它砸断，砸烂。我恨这双腿。我用带着血迹的双拐指着天空，老天爷啊，这日子还能过吗？这人还能活吗？

蓼花搂着轻清，牵着轻亮，又弯腰扶起了我，将拐顶到了我的后腰上，轻舟，别怪老天爷，家家都有难念的经，咱来世上就是过苦日子来了。苦日子咱们也能过，也能活，听话啊！

蓼花你说得轻巧，你说能过，我就过下去？你说能活，我就活下去？我才不那么傻呢？我苦怕了，也活够了，我折腾不起了。折腾不起，我不折腾还不行吗？我不怨天也不怨地了，我怨我自己命运不济。我一个什么也不能干的瘫子，一个连丈夫义务都不能尽的废人，现在又整天看着一个傻子，我不干了。晚上，在蓼花打起了响亮的鼾声之后，我把我能发现的治疗我双腿的所有的药片胶囊口服液什么的，足有半纸篓子，一起用白酒灌了下去……

结果当然你想到了。我没死。我被送进了医院，被洗了肠，被洗了脑。我又瘫痪着清醒着回到了家。

我不愿意在炕上躺着了，我让蓼花把床铺搬到千里堤上。我在阳光下看着一望无际的芦苇，看了一个月。我就平静地对蓼花说，蓼花，你想让我过，想让我活很容易，你得听我一句话！

蓼花说，只要你不寻短见，你说一千句一万句我都听！

我说，我不说一千句一万句，我就说一句。

你说。

我让你离开我，我们离婚，你带着孩子改嫁吧！

你说的是屁话！

屁话也得说！你不能看着轻清没钱治疗落下残疾，你也不能看着轻亮不能上学落下埋怨，你更不能看见我再次喝药！

蓼花不说话了，过了很久，她才说，好吧，我们离婚！但我也有一个条件，我要带你出嫁——

我吐出了一口长气，我说，随你！

就这样，我们离了婚。就这样，蓼花又结了婚。新郎是温泉纤维布厂的老板温泉。温泉和我和蓼花从小学到初中都是同学，至今还在单身。

蓼花带着我和两个儿子搬进了温泉纤维布厂。我们组成了一个特殊的家庭！

后来的事情你就知道了。报纸上也报道了。带着前夫再嫁，就让蓼花出了名。正像报纸上报道的那样，蓼花依旧照料着我的生活，当然还有那个傻儿子和小儿子轻亮的生活。温泉呢，往我叫哥，他一直往我叫哥。我的儿子们都往他叫叔，当亲叔。

日子过得真快。当白洋淀的芦苇又一次长成这样一眼望不到边际的时候，温泉给我们全家做了一条船。很大很豪华的一条船。船上有宿舍，有餐厅，有洗手间，还有KTV。我们的船航行在白洋淀的夜色里。荷花淀的香气只有在夜晚才这样浓郁和醉人。在船上，我们为刚刚考上重点大学的轻亮庆贺。温泉和蓼花第一次喝了交杯酒。傻子轻清随着音乐唱起了那首《荷塘月色》：

我像只鱼儿在你的荷塘

只为和你守候那皎白月光

游过了四季荷花依然香

等你宛在水中央……

那晚，我也喝了几杯酒，我醉倒在了大船上。恍惚间，我滑进了荷塘，我变成了一条自由自在的鱼儿，我的双拐变成了鱼的双鳍……

青花

开始——，在亮亮的灯光下面，电视台那个胖乎乎的女导播挥挥手，摄影师就把黑洞洞的镜头对准了我。导播也把话筒举到了我的面前。我觉得他们是把炮口和枪口对准了我。我头上冒汗，嘴唇哆嗦着说，把炮口和枪口拿开行吗？要不我开始不了！

导播妩媚地笑了。她说，不行！那样我们做不了节目，您老就克服困难配合配合吧！

我没办法，他们大老远地从北京扛着家伙来，还给我带来了一箱礼物，就为找我这老头子录几个镜头，我不配合也说不过去。我就配合着说，从哪里开始啊？

导播说，就从你借那5元钱开始吧！

一提起那五元钱，我一下子就平静了。我的汗开始消退，嘴唇也不哆嗦了。我仿佛又回到了50多年前。

1953年5月，我从学校毕业，分配到甘肃天水工作。一天，家里急需用钱，我就向同事万全借了5元钱。万全把钱给我的时候说，我手头也比较紧，刘亦秋你可记住，发了工资就还我，我还等着回老家娶媳妇儿呢！我记住了万全的话，我不能耽误了人家娶媳妇儿你说是不是？所以，我半月后领了6元钱津贴，赶紧去还钱。可万全下乡蹲点去了。我就只好等他回来。一个月后，万全没回来，我倒走了。我离开了天水，被调到了玉门搞石油勘探。搞勘探的人，是流水的兵。哪里有石油，我们就流到哪里。找流过青海，新疆，流过东北大庆，山东胜利，最后流到了河北任丘油田……这样流来流去的，直到我这股流水快干涸了，也没机会还人家万全那5元钱。

不是我不想还，咱可不是赖账的人。只是咱不知道万全那小子到哪里工作了。我也多次写信到原单位打听，但信件都如石沉大海。直到1976年，我遇到了另一个老同事，我才有了万全的确切消息：当年我离开天水不久，万全下乡回来也调到外地去了。1965年，万全得了场大病，回了老家，后来就……就没了。我的眼泪当时唰的一下就掉了下来，把地都砸了个坑。万全啊万全，你这个短命鬼，你这不是在害我吗？我还欠你5元钱呢，你怎么就这样走了？你娶上媳妇儿吗？你媳妇儿的钱够吗？你是不是因为5元钱得的病？你是不是就差这5元钱就没看好病？你是不是在离开人世的时候还在记恨着我？你是不是认为我是一个借钱不还的骗子？我哭万全，也哭自己。我欠下了万全一本良心债。

我必须尽快把这债还上。我立即跑到邮局，按照老同事说的万全老家地址，汇去了50元钱。可不久却被退了回来。

万水千山，人海茫茫。我不知道这里面有什么变故。我想有机会亲自去一趟。1992年，我退休了。油田安排我到陕西疗养。我知道机会来了。这里离甘肃已经不远了，也就是说，是我了却这笔债的时候了。

于是，我放弃了疗养。我去车站买票。你说怎么就这么点儿背，在路上，我被一辆汽车给撞了。命没大碍，可一条腿丢在了医院里。老伴和儿子急匆匆地赶来，把我接回油田养伤。儿子不停地埋怨，单位让你是来疗养的，不是让你来撞车的。要撞咱在家里撞，跑这老远撞，咱犯不上——我听了这话，挥起手来想扇他，被他小子躲了。本想让他去甘肃走一趟，可话到嘴边又咽了回去。

我在病床上躺着，想着万全那5元钱。我自己给自己说，刘亦秋啊刘亦秋，你是一个讲信用的人，可怎么偏偏就背上一个不讲信用的包袱呢！

我把5元钱的故事讲给了老伴。我求老伴帮我卸下这个包袱。老伴同意了。2008年春天，我挂上单拐，在老伴的搀扶下，坐上了西去的列车。两天后，我们来到了天水市。三天后，我们来到了万全的老家。村里的人说，以前是有个叫万全的人，他死了后，老婆带着儿女改嫁到几十里外的一个小山村去了。

那里不通汽车。犯了心脏病的老伴说，咱还去吗？要不把钱留下，让人捎去算了。我说，不行，我必须亲自送去，人是要讲信用的。我已经耽误了这么多年，不能再耽误了！

我就一人挂着单拐，爬上了山路。我知道我这年纪这身体再爬山路很难。但我必须爬。终于，在天黑前，我来到了那个小山村。我找到了万全的儿子万福……

停——，胖乎乎的女导播一挥手，打断了我的叙述。她说，接下来的故事我就知道了。我们已经去了万福的家。您拿出连本带利500元钱给万福，您告诉他半个世纪里关于5元借款的故事。家庭困难的万福收下了钱，但他没乱花。他到集市上买了一对青花瓷瓶。一个摆在了他家最显眼的地方，他说要把它当作传家宝；一个托我们带给您老人家，那就是我们带给您的礼物！

女导播打开箱子，拿出那个青花瓷瓶，摆在了我的面前。我抚摸着瓷瓶，禁不住老泪纵横。

摄影师连忙把镜头从我的脸上移到了瓷瓶上。那里，青花绽放，晶莹剔透，似有一股暗香脉脉袭来。

清潭

【陈大臣】

我的门是在清晨被擂开的。我在睡懒觉。一天一夜的车轴雨把乡村公路浇得像面条，下不了地，出不去门。你说不睡懒觉干什么？可门被擂得山响，这懒觉就睡不成了。我打开门，就看见了那个胡子拉碴、一脸凶相、花格衬衣上沾满了泥水的人。还没等我说话，那人就嚷嚷，我姓冯，走啊，是人的就跟我走，救人去，救人去！

我就跟着他走了出来。邻居们也跟着他走出来。我们就看见一辆四个圈的奥迪像个蛤蟆一样扎在了村边的道沟。车门被卡住了，司机卡在方向盘和驾驶座位之间动弹不得。我和邻居们走到近前，看清了牌照和人，我们转身便往自己家门口走。

别走啊！推车推车，不能眼睁睁地见死不救！姓冯的趟着齐脚踝的泥赶过来。

里面的人有钱，让他花钱找别人救吧！我说。

是啊，他马大能耐不是很能耐吗？怎么就能耐到沟里去了？邻居们说。

姓冯的扎实开双臂拦住我们，见死不救也判刑，不管里面的人是谁，今天一定要救。我是新来的乡长。谁走，看我以后怎么收拾他！

我们停下，互相望望，又一起望着面前的汉子。

望什么望？不像乡长？瞧，那是我的行李，我今天上班第一天就遇到了个这！

我顺着他的手指望去。我望见了奥迪后面戳着一辆破旧的摩托车，车上真的绑着被褥脸盆什么的。不过，早就被泥浆糊住了。

我向大伙儿保证，我上任后要干的第一件事就是修好这条路！但这个人必须先救！冯乡长的眼睛瞪了出来。那件花格衬衣簌簌地往下掉着泥片子。

我们就把马大能耐救了上来。

冯乡长没说虚话，通往省国道的这条路他果然修了，四米宽，半尺厚，路面硬化得很好。最让人惊讶的是，修路没动乡里一分钱。是他找马大能耐赞助的。马大能耐是乡里一家造纸厂的老板。听说冯乡长找他拉他赞助是走着去的，十几里地，只拎着一瓶衡水老白干。一瓶酒喝完，冯乡长晃晃悠悠回到了乡政府。第二天资金就打进了乡户头。

公路成了人们的眼珠子，冯乡长也成了乡里的心尖子。

【宋希望】

说实话，我很看不惯冯乡长的样子。粗粗拉拉，咋咋呼呼，不修边幅，似乎永远是穿着他那件旧花格衬衣四处晃荡。可人家是领导，看不惯也得伺候人家。我在乡党政办工作。我的本职工作是写材料。可郑书记还让我负责给冯乡长打开水拾掇卫生。在家里都是老公伺候我，在单位却伺候别人的老公。

那天，赶写一篇关于《建设文明生态平衡村》的汇报闹了个夜儿，起晚了。等把孩子送幼儿园后，就迟到了。我赶紧先去冯乡长那里，看他办公室铺满了资料，正一边翻阅书本，一边嚼着方便面吃。那吃相像个孩子。我嗫嚅着说，乡长对不起，我迟到了。你看，卫生也没有整，开水也没有打！

冯乡长头也没抬，继续翻阅书本，呜呜囔囔地说，没事！

我赶紧拿起暖壶想去锅炉房，冯乡长却把我叫住了，宋希望，以后你不用管我了，你好好写材料吧！我又不是小孩子，自己能照顾自己！

完了。乡长记仇了！我心一凉，空暖壶掉在地上，碎了。

我等着乡长给我穿小鞋。等着乡长调我走。这一天终于来了。那是一个周末，我还在给书记写讲话。冯乡长把我叫到了他屋里。他摸着胡子拉碴的下巴对我说，你提前回家吧！

我提着小心问，为什么？我可是很努力啊，书记周一的讲话还没写好，你怎么能让我回家呢？

冯乡长拽下来一根胡子，我做了一个调查，每天下午下班前是你们最紧张的时候，赶着回家，赶着挤车接孩子，你有好几次都因为晚接孩子被老师批评了。所以，从今天起，你们有孩子的女同志可以提前一小时下班！早早回家喂孩子、洗衣服做饭，孝敬爹娘、孝敬公婆。你去下个通知吧！

那材料？周一书记还要讲话呢！我说。

拿来，我写——，冯乡长坐在了办公桌前。

那天晚上，我对老公说，我们冯乡长是最有派的男人，他的花格子衬衫是乡里的一道风景！

【郑布林】

我倒真小看了小冯。这家伙很有两下子。现在看来，我把他要来大弯乡当乡长是要对了，也是要错了。

我本来是想要个有能力的好帮手。可这家伙能力是有，却不能帮我的忙，还净给我添乱。暂不说他修路和自己搞个人崇拜的事了。就说眼下马大能耐造纸厂的事情吧。虽说你救了人家的性命，可也让人出资修路了啊。按说这关系应该越处越好，可他不，现在又要让人停产改造。马大能耐不干了，他找到我这里来告状。他说，郑书记你看我可是给咱地方上做了贡献的人啊，税我一分也没少拿，修路捐款我可是哪回也不耍滑，你看冯乡长这人硬是和我过不去，他把我都整到县里了，环保局来找我，让我停产整治烟水排放系统，要整顿半年呢！要是这样，我干脆关张得了！

我急了。我把小冯找来。我问他，小冯，这么大的事你也不和我商量一下？

他在我的办公桌前一边挖着鼻孔，一边嘟哝着，刻不容缓啊郑书记，造纸厂污染严重，周围地里都不长庄稼，附近臭气熏天，老百姓喝的水都有股怪味儿，再耽误下去会出人命的。所以，我就写了报告递给县里了。

你赶紧把报告给我要回来——我把心爱的紫砂茶杯都摔在了地上。

【结语】

冯乡长就去了县里。可是他这一去就没有回来。返程途中，他的摩托车和一辆货车撞在了一起。就在他修好的那条路上。是陈大臣报的信。当宋希望领着乡政府的人赶到时，冯乡长躺在血泊里已经没有了气息。那件花格旧衬衣，沾满了比夏天黄昏还要红的鲜血。人们在他衬衣口袋里翻出了那份让造纸厂停产整顿的报告，还有5元8角钱。

冯乡长死后，大湾乡的人在那条路口立了块碑，上面刻上了两个大字：清潭。

清潭是冯乡长的名字。

第二辑

两个人的好天气

NAZHEWADAO

BENPAO

纪念白求恩

　　枪炮声渐渐稀少，不久就停了下去。伤员不再抬来，六里以外的齐会战场战斗已经结束了。

　　诺尔曼·白求恩走出了真武庙。战斗持续了三天三夜，他率领战地医疗队连续工作了69个小时，救治了115名八路军伤员。但他还是不敢休息，唯恐有新的伤员突然而至。他在真武庙的临时手术台上稍微打了个盹，就来到了屯庄村口。在四月早晨温暖的阳光下，他向着远方望去。如果战争顺利的话，他11月份就可以回到加拿大了。

　　尹闯夫妇就是这时候走进白求恩的视线的。那时候，尹闯牵着一头小驴，他媳妇背着筐头，手里牵着三岁的女儿。他们要到地里去。

　　白求恩的视线从远方收回来，落到了大人和驴上，又落到了女孩粉嘟嘟的小脸上。他突然跑过来，张开双臂就要抱那个可爱的小女孩。尹闯夫妇看到一个黄发碧眼，人高马大的洋人，当时就吓呆了。他们扔下毛驴和筐头，抱起孩子就跑，边跑边喊，乡亲们快来啊，有人要抢孩子——

　　喊叫声聚集来了村民，也把医疗队惊动了。村民们护着尹闯夫妇和孩子。医疗队的翻译郎林赶紧过来解释，原来，敏感的外科医生白求恩看见了小女孩的豁嘴，觉得很可惜，想抱起她给她做个整形手术！

　　尹闯不知道什么是整形手术。白求恩比比划划，郎林向他解释以后，他才疑惑地问，孩子的豁嘴是从胎里带来的，能治好吗？郎林说，你知道白求恩是谁吗？这是最小的手术，没问题的。

　　手术很简单，也很顺利，不几天就拆药线了。尹闯拽着媳妇，给白求恩送去一篮子红枣和柿子。白求恩抓了一把红枣，香甜地吃了一个，把篮子递给了尹闯。白求恩说，老乡，我是八路军的医生，不收礼物，给孩子治病是应该的，要谢就谢八路军吧！

白求恩的这句话，改变了尹闯的一生。他搂着媳妇想了一整夜，终于想出了一个感谢白求恩的最好办法。他参加了八路军，跟着贺龙的部队上了前线。尹闯走的那天，年轻的媳妇流着泪，抱着康复的女儿追了很远。

尹闯再次见到白求恩，是在涞源战场上。一场战事正在涞源与摩天岭之间的战线上展开。尹闯的腿被日本鬼子带毒的弹片穿透了。他昏昏沉沉地被抬到了一个小村子里。

很快他就上了手术室。手术室设在村子的木头戏台上。戏台前面挂着几幅白布，挡住了他的视线。一会儿，白布幔被掀开，一个熟悉的身影闪了进来。

白大夫……尹闯叫了一声，想坐起来。白求恩按住了他，别动，你的伤很严重，要立刻手术。

显然，白求恩没有认出他来。他开始给尹闯做手术。

外面突然响起了一阵枪声。哨兵跑进了手术室，报告道，敌人从我们后方过来了，要马上转移！

白求恩头也没抬，做完手术再走。他又对护理员说，快，把剩下的伤员都抬上来，一次三个，时间还来得及！

一发炮弹，落在了戏台旁边，白布幔被撕扯去了一片。

该死——白求恩大声骂了出来，助手们都飞快地转过身来。但见他做了一个手势，没什么，我刚把手指划破了。他举起了没戴手套的左手，浸到了旁边的碘酒溶液里，然后又继续给尹闯手术。

尹闯抬起头，声音微弱地说，白大夫，你撤吧，我不要你因为我不走！

白求恩轻轻地把他的头按了下去，这是医生的事情，如果手术停下来，你这条腿就要完了！

尹闯说，白大夫，你可是救了我们一家人啊！

白求恩没有听见。尹闯的泪水在越来越近的枪炮声中肆无忌惮地滚了出来！

接下来的事情大家都知道了。白求恩因给八路军战士做手术划破手指，不幸感染，患了败血症，在唐县逝世。那是1939年11月12日，5时20分。是他原定要回国的日子！

后来的事情大家就不知道了。那个被白求恩治好腿伤的八路军战士尹闯，重返抗日战场。打走日本鬼子，又参加了解放战争。全国解放以后，解甲归田。回村后，他带领媳妇女儿，在河间屯庄真武庙前，跪了整整一天，然后挨家挨户走了一圈，开始募捐。

一年后，尹闯请人建起了白求恩手术室纪念馆。按照自己的印象，塑了一个白求恩雕像。尹闯就在纪念馆内，盖了一间小房，常年守护在那里。

1995年，尹闯病逝。政府对纪念馆进行整修，命名为爱国主义教育基地。基地就掩映在绿树环抱的屯庄内。

1963年的水

1963年，我是一个成熟而敏感的胎儿。透过母腹的躁动，我感觉一股强大的潮湿弥漫了整个天空、村庄和田园。我知道一场大水必定要来。因此，我赖在母亲的肚子里不肯出来。

我的感觉果然不错。整个夏天先是暴雨不断，接着就传来白洋淀上游出现特大洪峰的消息。千里堤被水浸泡得像我母亲擀得面条一样柔软，它承受不住洪魔的撞击和拍打，决口了。

冀中平原一片汪洋。在这片汪洋里，我们的村庄变成了一片飘摇的树叶。我在母亲的肚子里听到了房屋倒塌的声音，牲口嗥叫的声音，孩子哭喊的声音，还有当村长的父亲指挥人们撤离的声音：全体社员请注意，大家一律到陈家祠堂高地集合，老人妇女搭棚子，男劳力抄家伙筑堤埝，共产党员随我去白洋淀保护千里堤！在父亲洪亮有力声音的鼓舞下，一村人开始了有条不紊的撤离。母亲拖着沉重的身子，挎着一个大包袱，领着大姐二姐趟水行走。当我们爬到陈家祠堂的高地时，我听到大姐惊叫了一声，娘，坏了，俺的梳妆盒忘拿了！

陈家祠堂的高地成了一个孤岛。父亲带人走了，留下来的铁塔叔成了一村人的主心骨。那时我的眼睛过早地睁开了，我看见铁塔叔光着黝黑的膀子，撑着用几块木板绑成的排子，带人去坍塌的村里打捞食物，还去村外的玉米地里掰生玉米。铁塔叔的那个木排驮得不是食物和玉米，它驮得是一村人的生命呀！

已有的生命面临着生存的困境，新的生命却又在不断诞生。和我同期孕育的孩子真不懂事，接二连三地来这个孤岛上凑热闹。母亲在婴儿带血的哭声里不住地抚摸自己的肚子，用粗糙而温情的手掌和我交流。手掌说，儿子，按说也到日子了，怎么你还不出来呢？我动动小腿，晃晃脑袋告诉母亲，不着急，我不着急，我在静静地观察思考这洪水，这人，还有以后那没水的日子。手掌说，也好，你就待在里面吧，这又潮又湿又热，又缺食物的，我真不知道如何安置你！我用小脚抵住母亲的手。我说，娘，等大水过后我再出来吧，以后你还要为全村人操心呢！

飞机来了。是毛主席派来的飞机。我听见大姐二姐和孩子们欢呼着，呐喊着。我循着人们的视线向天空望去，就望见了一架巨大的直升机在空投食物。食物像蝴蝶一样飞舞着，落在水面上，挂在树梢上，也落在我们栖息的高地上……人们哄抢着，撕扯着，翻滚着，一片混乱。母亲急了，她笨拙地爬上了一个高台，把手用力一挥，大声喊道，社员同志们不要乱，大伙要把食物先让给老人孩子，还有刚生产的妇女，然后把余下的归拢起来，等铁塔回来再按人头分！人们听了母亲的话，又看看母亲的肚子，就停止了混乱，开始互相谦让着，照着母亲的话去做了。那时，我觉得母亲挥手的动作和喊叫的声音和我父亲像极了。

大家都盼着铁塔叔回来。母亲更是盼着我父亲回来。可他们两人谁也回不来了。铁塔叔撑着那只木排去村里打捞食物，被坍塌的房子盖在了下面。而我父亲为保千里堤，跳进洪水里，变成一个树桩，永远地长在了千里堤上。

洪水退去了。大家推举母亲作了村长。母亲用手掌和我进行了交流。我理解她的意思，我说，娘，你不用惦记我，该怎么干你就怎么干吧！母亲用一条腰带紧紧地束住了肚子，把大姐二姐交给刚刚生完孩子的铁塔婶，就风风火火地投入到重建家园的斗争中去了。母亲拖着沉重的身子，带领村民整修危房，抢收庄稼，又跑到县上，接来了医疗队，为每个村民打了防疫针。

母亲自己却病倒了。她病了，身体的虚弱再也控制不了我的出生。在医疗队临时搭起的卫生所里，母亲拍拍肚子，对焦躁不安的我说，儿呀，这回你可以出来了，娘知道你以前害怕这场大水，但以后你会怀念这场大水的！母亲说得我十分悲痛，我一边嚎啕大哭，一边飞快地爬出母亲的子宫，爬出母亲的生命通道。我，终于瓜熟蒂落了。

40年后，当我们被干旱、风沙、冷漠、自私所包围以后，已经人到中年饱经沧桑的我，领会了母亲那句话的全部含义。

于是，我开始怀念1963年那场大水了。

金狮

起初，孙铁刚是同意艾米娜来他的杂技大餐厅上班的。他觉得一个外国女孩子来餐厅打工，能够吸引客人的眼球，能够给餐厅带来更高的人气。所以，当儿子孙亮跟他一说，他就爽快地答应了。

可渐渐地，孙铁刚就看出了苗头。他看出来当厨师的儿子和当服务员的艾米娜关系不一般。艾米娜是哈萨克斯坦在吴桥杂技学校的留学生，白皮肤像云彩一样漂浮炫目，蓝眼睛像大海一样深不见底。想必早把黑不溜秋的农家小子孙亮给淹没在她的奔放和热情里了。没上客人的时候，孙铁刚让孙亮去菜市场买菜。孙亮啪的一下就把独轮高车支架上了。正在洗碗的艾米娜飞快地把菜篮子甩了过来，孙亮一脚就踢上了头顶，然后一个白鹤晾翅，中指与食指闪电一样从孙铁刚裤子里夹出几张钞票，还没等老孙回过神来，这小子早就飞出了饭店。艾米娜呢，手拿一把遮阳伞就跃上了厨房连接吧台的一根搭衣用的钢丝上，晃晃悠悠地弹跳着，蹦下地来，拽过一辆自行车，欢笑着追赶孙亮去了，那把遮阳伞就顶在了她的鼻尖上。上满客人的时候，老孙让艾米娜走菜，喝，真是有意思，那个独轮高车就成了她的走菜工具。她左手端着香芹炒牛肉，右手擎着酱烤排骨，嘴里叼着一盘红烧全鹅，头上还顶着西湖莼菜汤。菜上齐了，该喝酒了，客人的酒却没了影儿。一桌子人急扯白脸地找酒瓶子，却见艾米娜红色的长裙一抖，精致的小酒壶就从空而降，众人正望着红裙愣神，杯里早就酒香四溢了。客人就高兴，就吃得畅快，就喊叫着加个酸菜鱼。艾米娜笑着跑出了雅间，把孙亮给叫来了。那孙亮带着白帽子，穿着白大褂，嘟嘟囔囔地说，都什么年代了，还吃酸菜鱼，我给你们做个活鱼两吃得了！客人就说好，那鱼呢？孙亮就接过艾米娜手里的钓鱼竿说，鱼？鱼就在餐桌下面呢！不信，你们看——孙亮把鱼竿向餐桌底下伸去，猛地一拽，一条足有二斤重的红鲤就蹦上了餐桌……客人拍着手惊呼着，竖起了大拇指。孙铁刚就看见孙亮和艾米娜兴奋地抱在了一起。艾米娜的红唇就印在了孙亮的脸颊上……

孙铁刚看出了儿子和艾米娜的不一般后，就把孙亮叫到了老板的办公室。他什么也没说，而是拿起早就放在凳子上的一块巴掌大的石头，运气，下蹲，扭胯，举掌。这时手掌就不是手掌了，手掌就变成了斧头。斧头下去，那块石头就有一半飞到了孙亮的脚前。

孙亮蹲下身来，拾起那半截石头，呲着小虎牙，平静地端详着崭新的茬口。然后又把石头扔在了地上。

孙铁刚瞥一眼儿子，刷地把褂子脱了，露出了圆鼓鼓的肚皮。他从窗台上拿过一捆青菜和一把菜刀，仰面躺在了办公桌上。他再一运气，肚皮就不是肚皮了，肚皮就变成了切菜板子。青菜放在切菜板子上，菜刀起，菜刀落，菜叶就飞满了屋子，菜汁儿就溅到了孙亮的脸上。

孙亮抹抹绿色的菜汁儿，探过头来说，没伤着你吧？我知道你的功夫高，伤不着你，你应该去吴桥杂技大世界舞台上表演呢！

孙铁刚再也不能不说话了，孙铁刚说，小子你听着，你不能找个外国娘们儿。我早给你找好对象了，就是那个能蹬起半吨大缸的小桃。秋后就想给你们办喜事。你不快刀斩乱麻，我就和你一刀两断！

孙亮说，我不是找，我是娶！我就娶艾米娜！我俩在杂技学校就好上了！

孙铁刚说，不行！

孙亮说，就行！

孙铁刚说，你要是非娶她，我就让你过刀山下火海！

孙亮说，过就过，下就下！

孙亮真的过刀山下火海了。孙铁刚在饭店的大厅里戳上了梯子，梯子一凳一刀，一共十凳十刀。梯下一口大锅，锅里炭火蓬勃成海。孙亮被孙铁刚扒掉了皮鞋扒掉袜子，光着脚丫上了梯子。一凳，两凳……十凳，孙亮稳稳地站在了梯子顶端，脚下锋利的刀变成了木头。孙亮在木头上向厨房餐厅门口望了一眼，就露出小虎牙笑了。笑着，他就跳向了那口大锅……

啊——餐厅门口一阵惊叫。艾米娜骑着一只狮子急急地闯了进来。狮子怒吼着，冲到了梯子跟前。艾米娜一把把孙亮拽到了狮子背上，然后一甩鞭子，雄狮就把在一旁看热闹的孙铁刚扑倒了。孙铁刚倒地的一刹那，看见了艾米娜粉色的驯狮服。小巧性感的驯狮服包裹不住艾米娜洁白的胴体，孙铁刚就闭上了眼睛……

孙铁刚没权干涉儿子的婚姻，但有权辞掉厨师和服务员。他对孙亮说，既然儿子强过了老子，对不起，孙亮，你小子就自己去干吧！

就这样，孙亮和艾米娜离开了杂技大餐厅。孙亮没有开饭店，而是和艾米娜组织了一帮杂技学校的同学成立了一个亮娜杂技团。艾米娜在杂技学校毕业以后，和孙亮带着亮娜杂技团去哈萨克斯坦闯世界去了。

两年后，第十二届吴桥国际杂技艺术节开幕。亮娜杂技团出现在艺术节上。他们的《驯狮》一举夺得了"金狮奖"。

孙铁刚在杂技大餐厅观看了电视直播，当看到孙亮拥着一头金发的艾米娜上台领奖的时候，孙铁刚一根一根揪着胡子对老伴说，孙亮这小子有眼光，还真娶了个金狮呢！

蓝色是我最喜欢的颜色

老乔没事的时候就坐在老屋里说话。有时候一说就是半天。老伴在的时候，他和老伴说。他说，唢呐他娘啊，你知道我这房子是怎么盖起来的吗？

那是我到渤海湾出了三年海打了三年鱼攒了三年钱才盖起来的。盖起来的当年我就娶了你。当时那真叫个气派。一个村子就咱家是卧板砖房松木檩，那砖烧的瓦蓝瓦蓝的，看着房子就和看蓝天没什么区别。我和你就在这蓝天一样的房子里行了夫妻大礼。新婚之夜，村里那帮没娶上媳妇的嘎小子来听房，他们在我家的阳台上急得直挠墙。我们屋里就是没动静。你搂紧我说，急死他们，咱今天就是不让他们听厾，往后的日子还长着呢，咱慢慢来。我听了你的，放过了你，但我绝不放过那帮嘎小子。我就悄悄地起床，拿起床下的尿盆，推开窗户，把尿连尿盆一起扔了出去……说到这里的时候，老乔常常是愉快地大笑，老伴呢，也大笑，笑得老泪都出来了。

后来老伴在他的说话声里走了，带着一生的美好回忆走了。老伴得了病，老乔的诉说没能留住她的生命。

老伴走了，他就和儿子说。他说唢呐啊，你小子来得真是时候，这么好的社会，这么好的房子，无忧无虑啊！可你小子来得又不是时候，在咱这蓝色的房子里你一生下来，我就觉得你的脸蓝得透明，身子也蓝得透明。我抱起你这蓝色的人儿，在蓝色的房子里跑啊，在蓝色的院子里跳啊。我举着你，把你举向蓝天，我想比比你和蓝天谁更蓝，谁更透明。可是我却栽倒了。你的头在地上碰了一下。就是这一碰，唢呐啊，你爹碰出了一生的悔，你娘碰出了一生的愁，你呢，碰出了一生的呆。你8岁还不会说话，上初中了，还是小学二年级的智力水平。我让你辍学了。可后来我发现你对色彩有着常人没有的敏感。特别是蓝色。我带你到少年宫学了绘画。唢呐，你小子画得第一幅画就是咱家的房子，那蓝色，画得瓦蓝瓦蓝的，在阳光下，蓝得透明，蓝得让人陶醉，让人柔软。

蓝色是我最喜欢的颜色。我把画挂在了咱家的墙壁上，把画挂在了我的心尖尖上。唢呐，你是爹的心尖尖呢！可是我的心尖尖却不是总在我的心里，在我的屋里。我的唢呐经常走失。在我们老两口不注意的时候，他就不见了。有时候，我们拉着拉着手，他就不见了；有时候，我们吃着吃着饭，他就不见了；有时候，我们睡着睡着觉，他就不见了。不见的还有他的画夹和画笔。但他还会回来，有时候一天，有时候一周，有时候一月……他回来就给我带回来一大堆的画。我们看画的时候，也看唢呐。我们就把他看得更紧。但他还是经常走失。我知道了，唢呐不是我的儿子，他是蓝天的儿子，他还是大自然的儿子……

唢呐走失的时候，老乔就和老屋说话。他说，我的老伴走了，我的儿子走了，可你这屋子走不了吧。尽管你的蓝色褪了，你的砖老了，你的墙旧了，可我还是不嫌弃你，你就是我的老伴啊！老乔说到动情处，就在屋里来回走动，从东屋走到西屋，从西屋走到东屋。他摸着墙壁，像摸着老伴，像摸着儿子。摸半天老屋，人家也不说话，老乔就着急，就又和屋里的家具、屋里的电视、屋里的床铺说，你们，你们跟了我这么多年，你们总该问问我，我心里到底喜欢什么吧？

老乔问不出家具、电视、床铺话来，就和上门来谈工作的拆迁办的齐楚说，齐主任啊，你知道我心里到底喜欢什么吗？蓝色，你说对了。是蓝色。蓝色是我一生中最喜欢的颜色。你看我这房子，它是蓝的，你看我这墙壁，它是蓝的，我的老伴是在蓝天下走的。我的儿子身体都是透明的蓝色。你再看他画得这画，蓝的让人陶醉，让人柔软。

我知道这里要扩建工业区和火车站。我们要拆迁。可我儿子，三个月没有回来了。我不是舍不了这老屋，我是怕我搬走了，他再回来找不到我了。可是我又觉得，他小子不傻，就是我搬走了，相信他一定会找到我的。只要有蓝色在，他就能顺着蓝色找到我。齐主任，你不用做工作了，我搬！

半年以后，老乔搬进了一套崭新的楼房。齐楚带人把房间和窗户刷上了蓝天一样的颜色，又把唢呐那幅老屋的画作，端端正正地挂在了客厅的中央。

不久，唢呐果真回来了。身后还跟着一个背画夹的女孩。

两个人的好天气

我爹终于坐上了我叔的奥迪车。

我叔坐进驾驶室，对我爹说，哥，回哪里去？我爹说，老宅子。我叔说，不，还是去那二层小楼吧！

那原来是我叔的二层小楼，可现在归我爹了。我叔新盖了工厂，新盖了楼房，是三层的，就把原来的二层小楼给了我爹。这个决定，就是在刚才，我叔的工厂剪彩后在他的新楼房温锅时做出的。

我爹心里没有什么准备。我爹望着他的弟弟，他的开着车的亲弟弟，心里一劲儿地瞎嘀咕，老二是不是今儿个喝得太多了？那个二层小楼可是值20多万呢！

我叔和我爹是一对冤家。他们多年前就是一对冤家。那一年，他们哥俩合伙要了块八间房的宅基地。要的时候还欢欢喜喜的，可是在分配的时候，别扭就来了。宅基地一边是住户，一边临着街。哥俩都愿意临街盖房，不愿意钻过道，走路、进车都不方便。最后商定抓阄。结果我爹抓到了里面。一奶同胞的，我爹在埋怨自己手臭的同时，高姿态地说，算了，就这样吧，老二你可要把过道留宽敞一点儿呀！

可我娘不干了。我娘和我叔可不是一奶同胞。不是一奶同胞就要寸土必争。我娘对我叔说，老二，你临街俺们钻过道也行，只是你要让出半间房的地方来！我叔说，这话怎讲？我娘说，不是八间房的地方吗？临街的占三间半，钻过道的占四间半！还没等我叔说话，我婶就弹簧一样蹦了起来，那不行，大嫂，没你说得那个瞎蛋理！我娘说，这理一点儿也不瞎蛋，不行？咱就换换，俺们临街盖！

双方争执不下，就这么点小事，惊动了大队里的调解人。大家劝着，两家就按我娘说的达成了协议。可盖成房子之后，我叔在圈院墙的时候，高过我家一砖不说，还把过道甩得窄窄的，我爹的毛驴车都进不了过道。每到秋上麦收的，我们总是把收来的粮食卸在过道头，然后孩子和大人再肩扛手抬地往过道里面的院子里倒腾。俺们累的汗流浃背气喘如牛的时候，我婶在院子里嘀嘀地摁着她家拖拉机的喇叭，尖着嗓子唱歌：一条大河波浪宽，风吹稻花香两岸……

那时候，我爹和我叔两兄弟，就成了冤家。

后来过了些年头，我叔却把房子扒了。他要起楼。我叔原来是生产队的业务员，生产队散了以后，那些关系户就成了我叔自己的关系户。我叔就靠自己跑汽车配件致了富，他要起二层楼。我爹是个死庄稼人，就靠耕耩锄耙土里刨食过日子，本来就被我叔的窄过道和高院墙压得喘不过气来了，如今我叔要起楼。他窝着的一肚子火终于像火山一样爆发了。他拿起刨山药的大镐，愣是把我叔刚刚垒起来的底脚砖像刨山药一样给刨了出来。

哥俩差点刀兵相见。还是经村干部调解，我叔退出半间房的地方，作为屋檐滴水之地。三间二层小楼盖起来的时候，高出了我家房那么多，而楼房与平房之间的空隙，就成了我爹和我叔心与心的距离。当那段空隙长满蒿草的时候，我爹窝心地住了院。

日子在我爹逐渐弯曲的脊背上不断地碾过，读完大学的孩子们在城里都安了家立了业有了楼房，我爹还在固守着他那几亩地，那几间房，和我娘过着日出而作日入而息的标本式的农民生活。我几次接他进城，都被他拒绝了。我叔呢，多年后成了村里的首富，在村外盖了工厂，又新盖了十分漂亮的三层宽敞的住宅楼。他们一家搬了出去。工厂剪彩的那天，他给侄子侄女们都发了请柬，还亲自开着他的奥迪车来请我爹。我爹不去，我娘和大家劝了半天，才同意去，可死活不上奥迪车，说那是富家浪子玩意儿，非自己走路不可。

我们两家在我叔装修一新的楼房里温锅。我们都喝了好多的酒。我们知道过去的日子就在这温馨的酒中过去了，而崭新的日子在这新楼上才刚刚开始。大家满堂红的时候，我叔说了一句石破天惊的话：哥，你不愿跟孩子们进城，你就住那二层小楼吧！

温完锅，我爹终于坐上了我叔的奥迪车。奥迪车从村外沿着乡村公路走进村里，把我叔和我爹带进了二层小楼前。我爹和我叔望着二层小楼，望着几间平房，望着小楼和平房间的空隙，哥俩突然就觉得心里空落落的，又满当当的，他们的眼里就有一种闪光的东西同时涌了出来……

阳光下，长满花白头发的我爹扭过头来，对同样长满花白头发的我叔说，老二，今儿个，今儿个……天气真好！

是，老大，今儿个天气真好！我叔应和着。

我发现你头上有把刀

NAZHEWADAO

BENPAO

天晴的时候下了雨

　　夏雨是丝绒厂一位普通的下岗女工。她在那个夏天做了一件极不普通的事情。正是这件事情，使她很快陷入了窘境。

　　那个夏天异常的干燥。每个热辣辣的日子，人们都能在车站门口看到女工夏雨的影子。自从丝绒厂效益不行宣告破产后，工人们调走的调走，分流的分流，最没门路的就只好下岗自谋生路。夏雨便弄了个小冷饮摊儿。如今夏天卖冷饮的多如流星，"奶油冰糕刨冰豆宝"之类的喊声能胀破整条街。女工夏雨不是那种爱大喊大叫找买卖的人，她只是在别人聒噪的间歇里才很轻柔地甩出一两声叫卖。好在买冷饮的总比卖冷饮的多，所以夏雨的生意也还能勉强维持。

　　阿姨，我买雪糕，要夹心的。这是一个午后，一个漂亮的女孩做了夏雨冷饮摊儿的第一位客人。夏雨从冰柜里拿出雪糕，不由得多看了小女孩一眼。女孩和自己的女儿夏凌年龄仿佛，七八岁的样子，一身粉色的连衣裙，一顶蓝色的太阳帽，小脸蛋晒得红扑扑的。夏雨这时突然升起了一股柔情，她递给女孩雪糕的时候不禁摸了摸女孩的小脸，小朋友，你家大人呢？

　　我爸带我来接人，他去厕所了。女孩说，他叫我在对面马路上等他，不叫我乱跑。女孩给了钱，飞快地说完，转身就往回跑。恰在这时，一辆公共汽车拐弯进站了。啊，小朋友——刹那间，夏雨越过冷饮摊，飞奔上前，一把将小女孩推开。车停了，女孩安然无恙，而夏雨却被车头撞倒在地。

　　阿姨——小女孩扑向倒在血泊中的夏雨。

　　夏雨醒来的时候，已经在医院里了。值班护士告诉她，她的伤势不轻，牙龈和右手小拇指一共缝了七针。护士还说，是一辆公共汽车送她来的，车上还有一个中年男人和一个七八岁的小女孩。他们留下500块钱后就走了。

这到底是怎么回事呢，大姐？护士问。

夏雨无言。夏雨的眼泪却流了下来。自从丈夫有了外遇她主动提出分手后，夏雨还是第一次流泪，为伤痛，也为心痛。但想到那个像女儿一样漂亮的女孩平安无事，她又赶紧擦干了泪水。

大姐，500块钱花完了，护士俯下身来，将夏雨的枕头垫高，轻声说道，主治医生说你得住院治疗，可还得交2000元押金，这是医院里的规定！

夏雨点头，闭上了眼睛。好一会儿，夏雨对护士说，小妹妹，我这有30块钱，是卖冷饮赚的，你去给我拿点消炎药来，我出院！夏雨说这话的时候，嘴角里便又渗出血来。

夏雨又走在了干燥的夏天里。她没有再去医院，也没有向别人声张这件事，她带着女儿又摆上了冷饮摊。此后的一段日子，夏雨的伤口又发了炎，化了脓。她不能吃太硬的东西，只好靠冲饮流食度日，直到有一天终于昏倒在了冷饮摊前。

一个业余作家在一次采访中偶然得知了夏雨的窘境。于是，他写了一篇《好人夏雨》的报道投书报纸电台，很快被采用了。整个城市的人们才知道了普通女工夏雨极不普通的故事。领导、同事、朋友们来到了夏雨的家，将物品和钱一起放到了夏雨的病床上。有两家医院还争着为夏雨免费治疗，这其中就有原先要夏雨交住院费的那家。

故事还没有完结。许多人都在期待着那个小女孩和她的家人的出场。离出事一个月后的某天晚上，故事的结局来临了。那个小女孩怀抱鲜花悄悄来到了夏雨的病房，身后跟着女孩的父母。再后面竟然是女儿夏凌和他的爸爸。下岗女工夏雨又一次流泪了，她把那个女孩和女儿夏凌一起搂在了怀里。

那天夜里，万里无云的晴空下了一场瓢泼大雨。

护旗手

　　冯志这两天经常往我的办公室来，而且一坐就是半天。有时候端着我送给他的宜兴紫砂壶咕噜咕噜地喝茶水，有时候坐在椅子上眼睛一眨不眨地瞅着我。瞅得我心烦的时候，我就大声对他嚷嚷，喝够了茶水，你就回家歇歇，别总瞅我了行不？我还要工作呢！

　　冯志也不脸红，他嘟哝着，我没瞅你，我没瞅你！

　　那你瞅谁了？

　　我瞅墙了。冯志说着，还在瞅我。我知道他的眼神出了毛病。像他这种岁数的人眼神一定会出毛病的。

　　我放下了手里的开业庆典计划，从老板椅上站了起来。我说，你自己在这里瞅墙吧，墙上说不定有金子呢！

　　冯志也不生气，我站起来，他也站起来，不过他没我站得利索，他还要扶着一个叫拐棍的东西。我走到我公司的宽阔的院子里，我在院子中间站定。我等着冯志，然后要让司机送他回家。可冯志挪到我的身后，却死活不走了。他说，冯舟，公司快开业了，你这里缺点东西。

　　缺什么呢？你看那面是厂房，那面是宿舍，刚才我们出来的地方是办公楼，还有停车场、警卫室，还有工人活动中心。你说缺什么呢？

　　冯志说，不但你这里缺，而且你的墙上也缺！

　　那你说到底缺什么呢？

　　冯志不说。冯志按照自己的思路说别的。冯志说，我见过毛泽东，我是咱们县里唯一见过毛主席的人。

　　我吃了一惊，赶紧让秘书从屋里拿过一把椅子来，我怕冯志突然得病，我让他坐下说，他却倔强得拄拐而立，我这些年来一直也没和你说过，谁也没说过，我是新中国第一面国旗的护旗手。

哈哈！我围着冯志转了两圈，摇摇头，你17岁跟着杨得志当兵我倒知道，但从不知道你还当过护旗手！

对，我当兵是1946年的事。在冀察晋野战军第二纵队宣传科。1948年12月，党中央着手组建京津纠察总队，我就调到了总队一大队。1949年9月30日，解放军总政治部主任肖华向一大队要四名战士。我被挑上了，我就成了护旗手。

冯志说这些话的时候，眼睛有些发亮，他说的很顺畅。挑上以后，我就见到了毛主席。那是10月1日，中华人民共和国的开国大典在天安门广场隆重举行。当朱德总司令宣布鸣礼炮、奏国歌、升国旗后，毛主席在城楼上亲自按动电钮，鲜艳的五星红旗徐徐升上天空。那时我就在广场电动旗杆下面做护旗手。和我一起做护旗手的那三人都没我幸运。因为我是真正的护旗手，他们都是看旗手。

我问，怎么能这样说呢？

冯志说，你别打断我。当毛主席按动按钮，国旗即将升起之际，红绸旗帜太大，那天还有东南风，红旗一时缠裹着拖挂在旗杆基座上，是我迅速跑过去将旗面舒展开，然后向上一抖，那国旗就呼啦啦借着风势飘扬起来……

我和冯志认识这么多年，只知道他是个老农民，只知道他把土地当命根子，只知道他抠，就连我在他这一亩三分地上建工厂开公司他都不让，土地局我都跑下来了他都不让，还是我托村主任冯元从中说和，拿钱让他去北京旅游了一圈，趁着他不在家偷着盖的。他回来后，我的厂房已经戳起来了。他一言不发，佝偻着身子，围着我的厂房转了几圈，在向阳的一个地方种上了一颗白杨树。他说，冯舟你欺负人。你盖房子，我种树，死了我就埋在这里看你，看你有什么好下场！我就又给冯元一部分钱，让他天天哄着冯志，看着他，别来我的公司闹。

可他这两天经常往我的办公室来。来了没闹，竟然给我编起故事来了。我真没想到，冯志都80岁了还会编故事，还编的这么顺畅，像流水一样。我不屑地说，你编的很好，可你那么风光过，怎么没混个一官半职呢？

冯志噎住了。半天才说，建国后，我转业回来，市里给我安排了工作，后来响应党的号召，我回乡务农了。我也没想到我一回乡就是60年。

冯志的老眼里竟然有了泪花，其实60年务农我倒不觉得有什么不可。我开始当村干部，我就带领全村人大干社会主义，互助组、合作社、三年自然灾害……一直干到搞改革开放。我没有离开过土地，我也没让我的村民们离开过土地。这些年里，每当重大节日，我都带着村民搞升旗仪式。后来，村民们来的少了，少了，我也升旗。后来，没人来了，就我一人，就我一人，也升旗。再后来，冯元那小子接了我的班，他就不安分了。他就不搞升旗仪式了。他忙。他先是把庄稼地变成了果树园，后来又把果树园变成了工业开发区。这不现在，你又在我曾经开垦过的土地上盖了工厂，盖了厂房。这原来是一片乱丧岗子，我可是平整、侍奉了十几年，才变成水浇地的……

冯志喘着气，用拐棍戳着地，我知道这些都已经改变不了了。我也知道这样变下去是件好事情。冯舟，可我还是觉得你这里缺点什么，你办公室的墙也缺点什么！

我走到冯志的跟前，扶他坐在椅子上，坐在阳光里。我说，你就别卖关子了，你说还缺点什么吧？

国旗！你要在你办公室的墙上挂一面国旗，你要在你这公司院子的中心立一根旗杆，开业那天要搞个升旗仪式。我……我还想当一次护旗手！

我一下子抱住冯志，我轻轻地拍着他的肩膀，像拍着一个婴儿。

我的公司盛大开业了。我和我爹冯元搀着冯志走到了高高的旗杆下，我对环绕着我们的嘉宾大喊：下面举行升旗仪式，由我爷爷冯志护旗！

王蘑菇种树

王蘑菇替自己准备好了一口棺材。他宁肯死掉也不愿意把双腿锯掉。

王蘑菇的腿有毛病。起初只是双腿感到麻木，发凉，怕冷，沉重。后来，就是剧疼难忍。他常常在田间咬紧牙关抱膝而坐，一把一把拧着曾经健步如飞的腿。这是怎么了？这是为什么？实在坚持不住了，他只好放下活计去医院检查。医生说他得了血栓闭塞性脉管炎，而且双腿开始发生溃疡，需要截肢。不——，王蘑菇就在病房里大喊，我不，我还要靠双腿走路，还要靠双腿干活养活妻儿呢！

医生就给他打了一只杜冷丁。医生说，我只管你暂时不疼，但不管你以后不疼，更管不了你的生命。王蘑菇拐着双腿走出了医院，他在大街上喊道，我宁肯死掉也不把双腿锯掉！

于是他在棺材铺订购了一口棺材。其实王蘑菇不想死，他期待奇迹出现。他四处求医找药，希望民间土法能够洽好他的腿。但是奇迹并没有垂青王蘑菇，除了花费大量的药费外，就是愈发严重的病情。他的脚趾开始脱落，腿肚子的溃疡经久不能愈合，肌肉开始坏死。老婆和儿女们强行把他送进医院截了肢。

王蘑菇陷入了深深的绝望之中。为治病，家里欠了10多万的债。孩子们都已辍学打工去了。老婆也去了村办工厂给工人做饭。他趁老婆不在家，喝了老鼠药爬进了棺材里。昏昏沉沉地睡了一天，却没死。老婆回家把他拖出了棺材，狠狠地骂着，王蘑菇你这个没良心的，死都不会死，你干嘛给自己喝假药？

死不了怎么办？那就得活下去。要想活下去，就得给自己找点活。只有干活挣钱还账才是活下去的理由。

王蘑菇请人在轮椅的后面做了个后备箱。他就滚动着这个特殊的轮椅出现在了大街小巷，出现在了高速公路两侧。他开始捡垃圾。废旧纸、破塑料，矿泉水瓶子……每天都能捡一后备箱。有了一点积蓄，他找到了村委会。他说，古洋河大桥以北的堤坡不能再随便取土了，大堤都挖没了，要是来了洪水怎么办？我给咱看着吧！我也不要工钱，你们就和水利局的说说，我承包两公里的堤坡，种树，种速生杨，承包费照交！

村里和他签了合同。王蘑菇就在苗圃场订购了树苗，带上了特制的镐头铁锹，爬到了堤坡上。他扔掉了轮椅，摘掉了假肢，露出了粉红的嫩肉。他摸着那肉，愣了一下神，然后就用绳子将空空的裤腿缠上。他就坐在了地上，开始挖坑。王蘑菇的手就成了脚。他坐在地上，一锹一锹地挖着。堤坡上都是胶泥土，坚硬得很。手又不能像脚似的那样去踩锹，他就把短短的锹把挂在肚子上，用身体的力量推动铁锹。肚子累了，受不了了，他就换个方式，拿过镐头一下一下地刨。阳光照过来，还有风沙吹过来。王蘑菇的脸上有了汗有了土有了泥，汗水流下来，流到了嘴里，牙碜的不行；流到了地上，砸在新挖出来的土上，一砸一个窝儿。

坑挖好了，王蘑菇种上了第一棵树。他拎着塑料水桶，爬着去古洋河里取水。他的腿没了假肢的保护，嫩肉被胶土咯得生疼。那疼是坚持不住的疼。他手去摸腿，前面失去了依托，人一下子就滚到了河沟里。灌满水，他拉着拧上盖子的塑料桶，一下一下地往堤坡上挪。手腿麻木了，他就用下巴磕着地，头带领全身继续努力蠕动。他的身后是一溜湿淋淋的红水印。爬上来了，他把水灌进了树坑。小树吸了水，冒出了嫩芽。王蘑菇也觉得自己真正的从棺材里爬出来，像小树一样，活过来了。

王蘑菇开始了长达八年的种树生涯。八番寒暑，他用坏了的铁锹有几十把，磨烂了的手套堆成了小山，两条曾经细皮嫩肉的残肢也长满了厚厚的老茧。堤坡成了他的家，也成了他的乐园。那里变成了一片树林。绿荫覆盖，鸟雀鸣唱。林下连着白洋淀的古洋河水，波平如镜，清澄透明，偶尔有鱼跃出水面，惊得蛙声一片。王蘑菇在堤坡的树林里爬着，走着，转悠着，他搂着粗大的树干，像搂着自己的儿女。

不，比自己的儿女还亲。树不让他生气，儿女却让他生气。这不，长大了的儿女带着一支砍伐队来树林里找他了。儿女说爹，你看这树大了，该用他换钱了！王蘑菇把轮椅转过去，背对着儿女说，咱们的债务不是你娘和你们都还上了吗？还急着要钱干什么？儿女说，我俩在城里每人按揭了一套楼房，想用这钱交首付呢？爹，你看，这3000多棵树，最小的也值100块呢！

王蘑菇就又把轮椅转过来，看着已经成年的孩子们。他说，种树的时候我是想有一天能用树换钱。可孩子们，现在我不了。我一棵树也舍不得砍了，你们没看出来这古洋河、这鱼儿，还有这鸟儿，需要这样一片树林吗？还是留下吧，留下比砍了重要！

儿女们早就和商家谈好了价钱，他们不砍就没有了面子，当然也没有了房子。他们就带着砍伐队绕过王蘑菇，向树林深处走去。王蘑菇就扔了轮椅，立了起来，他觉得自己的双腿又健康如初了。他跑到人们的前面，大声喊道，你们谁敢动我的杨树，我就动谁的脑袋，然后我削下自己的脑袋，反正我的棺材早就准备了多年了——

众人惊在了那里。他们看见一把磨秃了的铁锹攥在王蘑菇的老手上，寒光一闪一闪的。

我要飞到天上去

　　陈宏伟是一个喜欢飞翔的孩子。他曾经自己做成一个巨大的风筝绑在双臂上，幻想像一只大鸟一样凌空飞翔，结果是在自家的院里被摔了个嘴啃泥。后来他做了一个更大的风筝，跑到一座高楼的楼顶上，又一次想飞到天上去，结果又一次沉重地坠落。只是这次没有第一次幸运。这次他飞翔了一段时间，还没来得及惊喜，就落在了两棵高压线上。一阵蓝色的电光闪过之后，一双臂膀就被烤糊了，像两截黑炭。在医院里，医生截去了那两段黑炭。从此，陈宏伟就成了个无臂人。

　　父母便遗弃陈宏伟。他就流落到了城市，成了一个乞儿。

　　春天刚到，陈宏伟光了膀子，就在繁华的商场前面开始了乞讨。他的头光光的，脸黑黑的，已经看不出原来的底色，只是眼珠还是白的，赤裸的上身已经被风雨阳光描绘成了古铜色，一层厚厚的积垢快成了一件衣服。下身穿着一件露着屁股的破裤子，像蓝像绿又像黑的。他就坐在离最繁华的商场不远的入口。眼睛转动着，小嘴不停地念叨着，叔叔阿姨大伯大娘哥哥弟弟姐姐妹妹们行行好吧，都是我淘气淘的，没有飞成反倒落了个终生残疾，可怜可怜吧！

　　行人匆匆，很多冰冷的表情穿越空气比肩接踵而去。偶有星星点点的硬币珠玉一样落进了宏伟的乞盆儿。一天下来，大概能有10块8块的收获。

　　碰到好心的人，宏伟还能收获到一些纸币，当然是小面额的。就这也会让他欣喜万分。可是纸币放到乞盆儿里，遇到刮风，就会刮走的。所以他就用脚趾夹着，夹满了趾缝就放进两腿之间的钱兜子里。有小朋友吃剩下的冰糕和零食什么的，就会赏赐给他。他就也用脚趾夹着，然后往嘴里送。天长日久，他的脚可以像正常人的手一样运用自如。可以说，他的脚是他的手，而他的屁股才是他的脚。

陈宏伟是一个坐着行走的人。他屁股后面有一个皮垫，那是屁股行走的保护。通常是屁股压着皮垫一点点往前挪，快得像坐着冰床子在冰上滑行。有一次，一张两元的纸币从他的乞盆儿里刮跑了，刮到了马路上。另一个好腿好手的乞丐追着去抢，追上了，刚要用手去抓，却被一只脏兮兮的脚夹住了。脚的主人一边飞快地往后撤，一边咧着一嘴黑牙狡黠地笑。

好腿好手的乞丐抓了空。他的手就僵硬在那里，保持着抓钱的姿势，好久没回过腕来。直到有汽车喇叭声响起，好腿好手的乞丐才被激活。活过来的人一下子就生动地扑向了陈宏伟，抓起他的脚，掀了他个后空翻。陈宏伟的鼻子接触了地面，有一股股红的东西就沁了出来。那个脏兮兮的乞盆儿却死死地压在陈宏伟的身下。

我就是这时候出现的。我是一个在街上巡逻的警察。我把陈宏伟送进了卫生所，也把好腿好手的乞丐送进了派出所。

我第二次见到陈宏伟是在民政局门口的马路上。当时有两个人横穿马路被一辆三轮车撞倒了。车翻了，人没事。我去处理事故，就看见无臂人陈宏伟正用脚支撑着屁股向前行走，护卫他的是那个好腿好手的乞丐。我把他俩弄到了马路牙子上，我对他俩大声吼叫，你俩怎么老给我添乱？

陈宏伟咧着一嘴黑牙笑了，他说，俺们不是添乱，俺们是去民政局给玉树灾区捐款？

我望着那个好腿好手的人。他点点头，抓过陈宏伟的钱兜子，一股脑儿把钱倒了出来。半兜子硬币和小额纸币就随着尘土展现在我的面前。喏，真的，是我俩的！

我用5元人民币获得了对无臂人陈宏伟的采访权和拍照权。我和他进行了如下的对话：

陈宏伟，你怎么想起捐款了呢？

别人天天在给我捐，我也该给别人捐了。

现在天还凉，你该给自己买身衣服。你光着膀子不冷吗？

习惯了。再说只有这样人们才能看到我的残疾，还有我截肢的伤疤啊，也才能给我捐款啊！

晚上你睡哪里呢？

马路上。喏，这是我的枕头。他用脚指指屁股旁边的那个钱兜子。

你想过回学校上学吗？我知道有个无臂女孩考上了大学。

想过，可是去不了，父母不让。

你后悔过自己小时候的飞翔吗？

怎么不后悔呢？如果知道有这下场，我还不如一开始就在地上行走呢？

冬天还光着膀子乞讨吗？

冬天回家。

你是哪里人？

河北涞源。

那么远，怎么回去？

我……我飞着回去！

说完，无臂人陈宏伟避开我的视线，仰头望望春天湛蓝明媚的天空。天上，一个硕大的风筝正飞翔在这个美丽城市的上空，风筝周围，还有一群羽翼丰满的鸟儿正幸福地盘旋。

守护

那时我爹还没有死，也没有这间小屋子，高树墩站在太行山的山梁上，接过记者递过去的一支中华烟，放到鼻子前嗅嗅，夹在了耳朵上说，他就经常来这山上的陵园。

你看到了吗？那个6米高的纪念碑的后面，有103个隆起的土丘子。那里躺着的都是我爹的战友，晋察冀军区30团的烈士们，他们在这里躺了65年了。

我爹来陵园干嘛？他来看望他的战友们。他来给土丘添土，除草，来和他们说话拉家常，他还来给他们点燃一把大叶子烟。我爹说，他是有资格来看望他的战友们的。他1937年就参加了俺们当地的义勇军，后来成了八路军，后来就又转到了30团。他和他的战友们为保卫太行山流过血啊！我爹还说他是没资格来看望他的战友的，那一场惨烈的战斗中，103个战友躺倒在这山梁上，他也负伤了。他的屁股被小日本的弹片削去了半拉。他在家养伤。伤好就退役了。爹说其实也不叫退役，是没跟大部队走。我娘没让他走。我娘说，你高大树现在剩下半拉屁股我还能给你生儿育女跟着你，你要是再走恐怕连那半拉屁股都没有了，你没有了屁股，你就连老婆孩子都没有了。

我爹就没跟大部队走。没走他就没有参加后来的三大战役，也就没有渡江，也就没有在部队上混个师长旅长的干干。没走他就保住了老婆，他就生下了我高树墩。可是没走，我爹在后来的运动中遭了殃。他被当做逃兵，被划为了"四类分子"。挨批挨斗，仄歪着身子戴着大尖帽子游行。我和我娘当然也跟着吃了挂落。我娘被剪光了头发，甚至她的脖子还挂上了鞋子。我娘受不了，就从这山梁上跳了下去。我陪着我爹继续挨批斗，一次在高台上被人踹了下去。我被摔成了脑震荡……

哎呀，怎么说起这些不痛快的事情了？还是接着说我爹吧。运动过后，我爹有一阵子不能来烈士陵园了。那些搞运动的人说他没资格来。后来我爹平反了，他就带着我，把山下的房子拆了，在这山梁上搭起了这间小屋子。他和我就住在了山梁上，开始为战友们守墓。

那时候这里的土丘大部分都被铲平了，树木也被折腾成了树墩子。我爹跪在那一堆烈士墓前，仄歪着身子磕了个响头。我咬着手指头傻乐。我乐我爹这么多年了，屁股还没长好，还是一边轻一边重。我爹见我乐，啪地掴了我一巴掌，你小子哪里是我高大树的儿子，快跪下磕头！我跪下了，我就听见了我爹的誓言：战友们，你们为活着的人死了，我一定要好好守护着你们的英灵！我爹说完，这山梁上就刮过了一阵飓风，我看到了那103个烈士在风中一一闪现。

我爹和我在山梁上开出了一块地，我们用地里的收获换成了一棵棵小松树。几年下来，103个烈士墓前，都有了一棵绿葱葱的松树。我们重新给坟头筑土，还在坟岔里种上了花草。每当夏天来临的时候，绿树红花相辉映，我爹就在坟地里来回溜达。他一个坟头坐一会儿，一个坟头说一会儿。我不知道他说什么，也不知道他具体和谁说。我就冲出来一句，我说爹你说的都是瞎话，你又不知道他们是谁？这些都是无名墓？

我爹就扬起手来又要掴我。我闪过了他的巴掌。我爹说，你这傻小子倒真提醒了我，我虽然不知道哪个坟头埋得是谁，但我知道他们都是30团的战士，我都记得他们的名字！我给他们做个灵牌吧！我爹就利用一个夏天做了灵牌，他回忆着，让我在灵牌上写上了他回忆起来的名字：张平安、周四代、刘豆、王石头、李老夯……

写完灵牌，我爹觉得还缺点东西。他就带着我来到了山梁间。我们看好了一块突出的石头。我们父子俩就找来锛子凿子大锤，我们开始了长达一年的开凿。第二年夏天，一块6米高、1米宽的石碑就矗立在了烈士墓前。我爹攥住我破烂不堪的手落了泪，他说傻小子，你看你这手像把锉了！我嬉笑着对我爹说，你还说我呢，你的手以后可以当锯使了！

我们父子俩就快乐地取笑着。我们父子俩就快乐地守护在这里。一晃就几十年过去了。我们觉得这没什么，这成了我俩生活的全部。我们选择了在山梁上生活，在山梁上守候。我爹还选择了在山梁上埋掉自己。

对！我爹死了。什么时候死的？10年前。病死的呗！临死前，我爹没掴我，他掴不动了，他说话都快没力气了，他对我说，树墩你个傻小子给我记好了，你以后要继续守护在这里，不许下山。偷吃花木的牲口来了，你要赶走它们；砍伐树木的商人来了，你要骂走他们；凭吊烈士的学生、群众和官员来了，你要迎接他们……

我点头，这些不用你说，我知道。我爹笑了一下，他那时候还能笑一下，真是有意思。我爹笑完，又说，傻小子，是我耽误了你，让你摔成了个傻子，五十多了连个媳妇也没讨上！我说，我有媳妇，这山梁和墓地就是我的媳妇！

我爹就咽了气。我把他埋在了烈士墓旁边，我给他筑上一个土丘，我也给他栽上了一棵松树。等我也死了，就让小松树守护我爹吧！

记者师傅，你不要写我，要写就写写我爹。在我心目中，我爹不是个逃兵，他也是个英雄。你还要写上我的请求，请求整修一下烈士陵园。如今活人都住进了高楼大厦，给他们换来这种享受的人更应该有个好的归宿，你说呢？

生死回眸

　　一片枯黄的落叶从地上飘起，生长在那光秃秃的枝头，枝头回黄转绿，叶片变得青翠饱满，春雨袭过，嫩芽初绽。在这篇小说里，我们假定时光倒流。

　　一个生命被子弹洞穿，凋谢在刑场上。透过血痕，我们看到杜君的生命像那片坠落在地的枯叶重又飘起。渗进泥土里已经板结的血块开始变得鲜活，重新聚拢回到他的体内，枪口结疤，杜君坐起、站立、走向来时的路。

　　杜君从两名警察手中挣脱，离开公判大会会场，回到了监所。头顶上窄小的窗口挤进了几丝光线。他咀嚼着每天只有两顿、每顿只有两个的窝头，难以下咽。他想起了迟志强那著名的歌词："手里呀捧着窝窝头，眼泪止不住地往下流。"杜君就真的流出了眼泪。

　　你现在流眼泪还有什么用？在审理杜君一案时，县纪委书记气愤而惋惜地说，你是多么的年轻呀！

　　是呀，杜君很年轻，被任命为县农行主管业务的副行长时，他才31岁。31岁，金子一样闪光的年华。他真想干一番事业。然而，这个世界对人的诱惑太大了。忍受清苦去奢谈事业必须有超凡的克制力和忍耐性。面对金钱、美女、汽车、洋房的拥抱，杜君眩晕了。一切的一切开始于那次单位盖办公楼。一个建筑队的包工头叩开杜君的家门，送上了一套精美的挂历。更加精美的是挂历里卷裹着的5万元人民币。主管办公楼基建的杜君在那个晚上失眠了，两个杜君打了一夜架，一个杜君要把钱交还包工头，另一个杜君死活不让。结果杜君采取了折中的办法，用妻子的名义将钱存入了另一家银行。不久，工程落在了这个包工头手中。接下来的事情杜君不再失眠。一家企业来请，酒足饭饱之后，将杜君拉进了桑拿浴室，筋酥腿软之后又塞给了他两条香烟。回家一看，每根烟卷都是一张百元钞票。第二天，杜君大笔一挥，批了300万元贷款。其后便是那个港商找上门来。港商要与杜行长做一笔钢材生意，将杜君带到了香港，五日游后，一把别墅的钥匙攥到了杜君手里。

作为回报，杜君挪用了800万储蓄存款。后来呢？就是刚盖好的办公楼坍塌了一半，三名职工被盖在了楼下。后来呢？就是贷款追不回，挪用的存款没了踪影。再后来呢？就是东窗事发，纪委查处，移交检察机关，杜君进了监所。

在监所里，第一个来看杜君的是他中学时代的班主任，两鬓斑白的班主任什么也没说，只是颤抖着把一张发黄的纸交给了杜君。杜君打开那张纸，是他的入团申请书，右下角那片殷红仍清晰可辨。

杜君回到了美丽的校园。杜君开始了中学生涯，勤奋好学的杜君写了入团申请书。当杜君得知第一批发展团员的名单没他的名字时，他重新写了申请书，并咬破中指，签了名，将它交给了团支书。杜君终于戴上了团徽。杜君在"五讲四美"活动中被评为"先进标兵"，他将拾到的100元钱交还了失主……

家在农村的父母来了。他们带来了一个大帆布兜。父母说，儿啊，尝尝你小时候最爱吃的煮玉米和烤白薯吧！

面对年迈的父母，杜君以头抵地，跪倒尘埃。

杜君走在家乡的田野上。杜君随着父母去生产队劳动。他看到一群小伙伴挖了白薯，掰了玉米，便尾随着他们。秋深似海，田野寥廓而神秘。一股浓烟袅袅升腾，伙伴们欢呼雀跃，他们在烤玉米、烧白薯。杜君咽了口唾沫，坚决地一转身，跑回大人们劳作的地里，把这事报告了生产队长……

夏夜闷热而漫长，杜君缠绕在父亲的膝上，听父亲讲侠女十三妹的故事，母亲给他扇着蚊子，听着听着，杜君睡着了。睡梦里，杜君越来越小。杜君咿呀学语、蹒跚学步。杜君满地乱爬，嗷嗷待哺。杜君随着母亲的一声泣血的阵痛，降落到这个世界。

此时，一场春雨刚刚润绽院内那片柳芽。

我发现你头上有把刀

神经病——我哥这样说我。

脑子有问题——我嫂也这样说我。

我哥我嫂是在我说了一句真话后才这样说我的。那一天，他们开着一辆奥迪回乡下来看我爹我娘。车停在家门口，喇叭声抻直了一村人的耳朵。村人们都说，你看人家韩家那大小子，局长当着，小车坐着，大兜小包的东西拎着，水葱儿一样的媳妇挎着，多风光，啧啧。

　　我爹我娘就慈眉善目地把来看我哥的人让进屋，拿出哥哥带来的香烟撒放到人们手中。人们就围上我哥，问他职务的有，同他叙旧的有，求他办事的也有。我哥一副首长派头，挺着鼓起的将军肚，哼啊哈啊地应付着，我爹我娘就立在屋中央生动地笑。

　　那时，我被挤在墙旮旯里，一眨不眨地望着我哥。望着望着，我就眯起了眼睛。这时，我就发现我哥头上悬着一把刀，很锋利很锋利的一把刀，那刀晃悠着，晃悠着，随时都有可能落下来。发现这一问题后，我就挤到我哥面前，焦急地说，哥，哥，我发现你头上有把刀。

　　众人的目光就刷地一下子向局长的头上望去。他们没有看见那把刀，他们只看见我哥头顶上有一根竹竿在晃悠着，那是我爹夏天用来挂蚊帐的。

　　于是，我哥我嫂就说出了开头那两句话。

　　那天，我哥临回城里的时候，对我爹我娘说，老二的病该去医院里看看了，晚了怕连个对象也说不上呢！我爹我娘连忙点头。我说，我没病，我说的是真话，我真的发现你头上有把刀。

　　我爹我娘听了我哥的话，他们真的把我带到城里来看病了。在医院里，医生们给我做了脑电图，拍了X光，甚至还做了CT。然后在我的病例本上签了意见。我认得那两个字念"正常"。

　　晚上我们就住了我哥家。我哥现在在一个很不错的局里当局长，所以我哥能住170平米四室两厅的房子，能享受一切现代化的生活。当我坐在我哥家宽敞的客厅里观看那套家庭影院时，我想起了小时候在农村大场里看露天电影的情景。我就对陷进沙发里的我爹我娘说，爹，娘，赶明儿我也当个局长，在咱村里给你们盖一个电影院。我爹我娘就望我一眼，撇撇嘴说，傻小子，别想美事儿了，还是好好地看电视吧！

　　快吃晚饭的时候，我哥的小车司机来接我们。他把我们送到一个大酒店时，对我嫂子说：韩局长在208房间等着，吃完饭我再来接你们！说完，他就又把小车无声无息地开走了。嫂子把我们领上楼，我哥和一个块头很大的人正在房间里交谈着。见我们进来，那个块头挺大的人慌忙站起来，把我们全让在正座上，然后把眼神递给了我哥，韩局长，可以走菜了吧？我哥就很矜持地点一下头，倾过身子对我爹我娘说，宋经理是咱们县里的大腕儿，他听说您二老来了，非安排一顿便饭不行，老宋这人哪样儿都好，就是这热情太烦人了！我爹我娘也就用乡下人的礼节客气了几句，老宋一边给我们斟水一边把笑脸送到了老人的面前，小意思小意思，能请老爷子老太太吃顿饭是我的造化呢！

那顿便饭上了一些很方便的菜肴，清炖甲鱼，清蒸河蟹，盐水基围虾，还有一盘鹿肉；也上了一瓶很方便的酒，名字很好记，是鬼酒，不，酒鬼。那些很方便的菜我在乡下都吃着不方便，所以我就吃得多了一些，我还破例喝了两杯酒，什么鬼酒，灌到嗓子里火烧火燎地难受！我娘在桌下一劲儿踩我的脚，我说娘，你甭踩我的脚，我顾不了那么许多了！

我吃饱了，我哥和宋老板的酒才进行了一半。不知什么时候他们叫进来一个服务员，那服务员斟一杯他们就喝一杯，真他娘的会享受。我就望着宋老板和我哥。望着望着，我就又发现我哥头上那把刀，它晃悠晃悠的，快挨着我哥的头皮了。我想告诉我哥，又怕他们骂我。吃了人家的嘴短，算了算了，还是少扫人家的兴吧！

但最后我还是说了出来。那是吃晚饭离开饭店的时候，宋经理把两瓶人参酒和两条红塔山塞给了我哥，韩局长，酒，给老爷子喝，这烟嘛，你就亲自抽吧。说着，他还在烟上重重地拍了两下。我哥轻轻地推托了一下，就让我嫂子收了。就在我哥坐进小轿车的时候，我又看到了车门上悬挂着一把刀。这时，我再也忍不住了，我大声地说，哥，小心，你头上有把刀！

我又一次挨了骂。第二天，我爹我娘就把我带回了乡下。我再也吃不上那样方便的饭菜了。我就馋了许久。

那个深夜的电话铃声响得急促而突然。我迷迷糊糊地起来接电话，是我嫂的声音。老二，你哥犯事了，他……他进去了，那该死的老宋在烟盒里装的不是烟卷，是钱哪！你……你和咱爹咱娘明天快来吧！说完，我嫂已经哭得走了调儿。

我拿着听筒一句话也说不出来。我爹我娘都醒了，他们问我出了什么事，我幸灾乐祸地说，我哥头上那把刀落下来了。

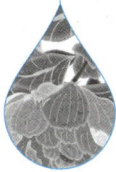

车祸或者车祸

[叙事]一个老头横穿马路，被一辆飞驰而来的汽车撞上了。老头摔在地上，死了。

[说明]一个头发花白的老头要去公路对面。他家的羊跑出来了，跑到道沟里去吃草。其中一只正在啃树。那是公路边仅存的一棵白杨树。老头急着要过马路去找羊，也急着要过马路去轰羊。

老头要过的马路是一条很宽阔的国道。国道一旁是村庄，一旁盖满了密匝匝的厂房和饭店。工厂的烟囱正冒着滚滚的浓烟，饭店的小姐坐在门口，在向过往车辆招手。这是中午，临近午饭了。

这时，开来了一辆过路的拉煤车。司机是位刚拿到驾照不久的小伙子。小伙子刚度完蜜月就给人拉煤去了。去的是山西大同，来回三天。小伙子急着去送煤，也急着往家赶。在经过岔路口时，小伙子看到了向他招手的饭店小姐，小伙子就愣了一下神，这一愣神之间，出车祸了。

[描写]花白头发在正午的阳光下十分醒目，像盐碱地里冒出的一簇倔强的老草。花白头发张望着，移动着，先是犹疑了片刻，接着嘟囔了一句，这不懂事的畜生！嘟囔完，就一步跨上了公路，第二步还没迈出，花白头发就随着一声尖锐而嘹亮的刹车声飘了起来，瞬间又落了下去。一种被称作殷红的东西冒着热气，受着阳光的蒸发袅袅地升腾起来，弥散起来。空气里就充满了血液的香甜。

汽车停下了。司机呆滞的目光从车头缓慢地移向几米远的花白头发上，又缓慢地移到拖挂车上，黑色的煤炭零乱地散落在了公路上，像黑色的金子，骨碌着。有一块还骨碌到了公路对面那棵唯一的白杨树下，就惊动了正在埋头啃树的那只羊。那羊惊愕地抬起头来，望着煤块滚来的方向，温柔地咩了一声，又埋下头去。一条新鲜的树皮就被扯了下来，树上留下了一道闪眼的白。

[议论]目击者一：又出事了，这地方总他妈出事，跟闹鬼似的。前天刚撞死了一个，女的，是饭店里出来的小姐。娘的，穿着个裙子，风一吹，你猜怎么着，里面光着呢！这下可好，光着身子来，光着身子又去了。

目击者二：这路修得不行。靠村太近，也不弄个护栏。交叉路口也没明显标志，真不知收费站收的那些钱都哪里去了？

目击者三：他妈的，这司机怎么开得车？见了人也不鸣笛，愣往人身上撞。哎哟，完了，他鸣笛老白头也听不见，他那耳朵早些年被国民党的枪弹震聋了。聋了你小子也不能往人身上撞呀！揍他，揍死他，让他一命偿一命得了！

交警：闪开闪开，出个车祸有什么看头？乱挤，乱挤又出车祸了！你别怪我，我们也不容易。哪一天都有车祸，哪个路段都有车祸，哪能一下子来得那么快？你别骂街，骂街我跟你急。我正气儿不顺着呢，我竞聘中队长没竞聘上，让副县长的儿子挤了，我还想开车撞他去呢！

死者亲属：呜呜，呜呜，爹呀，说不让你养羊，你非养。这么大岁数了，你干吗和自己叫劲儿哪！我哥不给你钱花，他是怕媳妇，不是心里没你，你冲闺女我要钱花不就得了？爹呀爹呀，你为羊搭上命值得吗？快！快！乡亲们哪！我爹还有一口气，你们别光看着说废话了，快叫救护车。要是早叫救护车，不早就到医院了吗？

[叙事]在距车祸发生地5公里处，又有一辆桑塔纳轿车与一辆大型客车相撞。伤亡人数不清。

扁鹊之死

扁鹊终于来到了秦国。

来到秦国的当天，他就被太医令李醯请进了咸阳宫。

李醯是奉命请扁鹊给秦武王治病的。正值盛年的秦武王本来要出征韩国的，可突然面部就长了一个肿瘤。这使他平定战国诸雄的计划不得不往后推迟。太医令李醯久治不愈，武王大为恼火。李醯情急之下，连忙修书一封，火速派人邀来了在齐国行医的扁鹊。

扁鹊进宫，没有看传说中暴戾的秦王，只看见了那颗长在耳前目下的肿瘤。扁鹊对着肿瘤说，无妨，很简单，我用砭弹手术即可除掉的！

秦王不语，群臣大哗。李醯趋前一躬，对扁鹊和秦王说，此疾长在近眼之处，万一手术不成，大王就可能耳不聪目不明了。

扁鹊摇摇头，收拾了药石器械，转身欲走，秦武王急忙起身，一把拉住了扁鹊，用秦国人所不曾见到的温和说，先生莫走，寡人同意手术！

手术很顺利。不久秦武王病愈。病愈的秦武王再一次把扁鹊召进了咸阳宫。武王说，先生，寡人想让你留在秦国，寡人的大业需要你啊！

扁鹊手捋长髯朗朗一笑，大王，民间的百姓更需要我，我是属于天下人的。再说，李醯的医术足可以帮你平定天下的。

扁鹊在又一次医好了武王的举鼎伤骨之后，准备带着弟子子仪、佚妹夫妇离开秦国了。临行那天，太医令李醯置酒为扁鹊师徒饯行。李醯连敬扁鹊三碗秦国老酒，然后扑通一声跪倒尘埃，你一路走好啊！

李醯派人护送扁鹊师徒出了咸阳城。

医途慢慢，转眼已是秋天。扁鹊行医来到了崤山脚下。过了崤山就是魏国，魏文王已派人在山那边等候了。扁鹊想，洽好魏文王的病，我就该回鄚州，回白洋淀老家了。我已经出来的太久了。

师徒三人正要过山，却见山脚下茅草房里蹒跚走出一个满脸皱褶的老妪。老妪颤巍巍地说先生，我家老汉病了，很重，已经几天水米不进了，求你们给看看吧！

扁鹊停止了上山的脚步。他让子仪夫妇先过山，自己急忙随老妪走进了黑漆漆的茅草房。那生病的老汉头发蓬乱、脸色蜡黄、披着破被坐在床沿。扁鹊伸出右手正要给病人把脉，冷不丁却被病人抓住了，而且扣住了脉门，同时，一柄尖刀抵住了他的心窝。

终于等到你了，扁鹊先生！病老汉甩掉破被，抹下假发和脸上的伪装，声音坚硬地说。

你是刺客？扁鹊平静地问。

的是。刺客爽快地答。

我和你往日无冤，近日无仇，你为何要杀我？扁鹊那双能透视病情的眼睛针一样扎过来，刺客的眼睛就收缩痉挛了一下，我……我杀你不为冤仇。

那就是秦武王派你来杀我的了，我没有答应侍奉他，他一定恼恨于我了。扁鹊抽了抽手，抽不动，反被刺客往怀里拉了一下，锐利的刀尖就刺破了扁鹊的衣服。

不是武王，武王想杀你，你出不来咸阳宫的，刺客握刀的手颤抖了。

这就怪了。要离刺杀庆忌，是因庆忌制造内乱；专诸刺杀王僚，是为争权；豫让刺杀赵襄子，是为报仇。想我扁鹊一介布衣，凭医术周游列国，普救苍生，既不争权夺势，也无恃宠篡位，谁要杀我？

刺客说，是你自己！想先生精通望闻问切，救赵简子，生虢太子，识病齐桓侯，医治秦武王，针石如神，名冠诸侯。别人所不能而先生能，先生以为这是好事，还是祸事？

一阵秋风刮进了草房，几片树叶扫在了扁鹊的脸上。扁鹊禁不住咳嗽了一声，刺客的刀子就扎进了扁鹊的肉里，如此说来，是李醯派你来的？

刺客点头，扣住扁鹊脉门的手，用了点力道，先生，李醯是怕你夺了他的太医令啊！

扁鹊又咳嗽了两声，刺客的刀子就刺进了扁鹊的心窝。神医的鲜血就顺着淬毒的刀子涌了出来。

你知道我和李醯有什么渊源吗？扁鹊忍着疼痛，望着刺客，眼睛分明黯淡了光芒。

天下人都知道你们是白洋淀老乡，是师兄弟，年轻时一起师从长桑君的！

可你和天下人都不知道另一层秘密，这是我们的约定。我和李醯是同母异父的兄弟！他杀了我，秦武王不会饶他，天下人不会饶他，家乡人不会饶他，历史也不会饶他，这等于是他一杀一了一自一己一啊！

刺客一惊，欲抽回刀子。可晚了，扁鹊已经扑倒在了床沿上。

草房外，响起了急促的脚步声。是子仪、佚妹带人下山来了。

六郎星

宋廷任命杨六郎为高阳关、益津关、瓦桥关三关统帅的消息，一点也没有使我和萧太后感到意外。因为在宋辽对峙的这些年里，我领教了杨家将的厉害。

景德元年，我率兵入宋，与屯兵在白洋淀边鄚州城的杨延朗遭遇。那时他只是个鄚州防御使。双方激战三天三夜。本来杨延朗已占弱势，粮草空虚，援军又迟迟未到。我就督军进攻，想尽快吃掉杨家军。杨延朗终于抵挡不住我的强大攻势，从鄚州古城狼狈败退白洋淀。我急忙率大队人马乘胜追赶，一时间，辽军将士飞快地冲上了长达20多里的湖堤，人马嘶喊，粮车滚动，刀枪剑戟，一字长蛇，让我感到了辽军的强大与威武。宋军很快没了踪影。我无意中向四周一看，哇呀呀，一段窄堤直通大淀，堤旁烟波浩渺，成熟的芦苇一望无边。我意识到中计，赶紧下令撤退。但已经来不及了。车马难以掉头，自己堵住了自己的退路。正后悔间，一阵战鼓突然响起，鼓声就带出了芦苇荡里的无数火箭，大堤两边一人多高的芦苇霎时烟火冲天。那火在淀风的帮助下，把淀水都烧得咕嘟咕嘟直响。我的兵马粮车都成了烤鱼和熏鱼。亏了我的火龙驹会飞，我才得以冲出火海，只身逃回了上京。

萧太后没有降罪于我，而是从草原骏马中挑选了三万匹让我训练。一年后，三万铁骑卷土重来，再次杀到白洋淀边。我和杨延朗在三关口拉开战场。流水汤汤，铁骑啸啸，万木肃杀。杨延朗三天不敢出兵。第四天，却见宋营附近建起了几座硕大的马棚。铁骑前队前去挑战，宋营也无动于衷。只是，部分士兵从马棚里轰出千余匹不带缰绳和鞍子的马到白洋淀边洗浴。士兵们把淀水击打出漂亮的水花，水花冲刷的那些马鬃毛发亮，美丽如荷。我的将士们禁不住哈哈大笑，宋军死到临头了，还这样悠闲自在，真是麻木啊。但笑声未落，那些洗浴的马突然就温柔地低鸣起来，那声音好像淀水的波涛一浪一浪地涌了过来。我军阵营的将士不知怎么回事，可他们坐下的骏马却开始了骚动。先是鼻息粗重，继而四蹄乱蹬，不一会就群起嘶叫起来。那声浪很快就淹没了洗浴马的低鸣和辽军将士的吆喝，险些把天空都掀翻了。我的的将士再也控制不了那些铁骑了。它们纷纷把主人掀落马下，然后挣脱缰绳向对方奔去。宋军的马这时却停止了洗浴，边继续低鸣着，边从水里向马棚撤去。一袋烟的功夫，我军那些无耻的铁骑——发情的雄壮的儿马们争先涌进了那几个硕大的马棚。只有我的火龙驹还有定力，但也在我的胯下急红了眼。

我还没有醒过神来，宋营里战鼓骤响，骑兵步兵一起出动，像阳光下的风暴直卷而来。我们只能被卷得落花流水，铩羽而归。

退回大本营，我才明白：杨延朗用的是骣马阵。我和萧太后的梦想又一次被自己的铁骑踏碎。我对太后长叹一声：我韩德让是个凡人，而杨延朗却是天上的星宿，是那颗主将的六郎星，是我的克星啊！

我认为杨延朗就是杨六郎以后，就传来了宋廷任命杨六郎为三关统帅的消息。我没有感到意外。我只是黯然地脱下铠甲，称病归家。只要杨六郎在，我们就不能夺取中原，甚至已经占有的幽云十六州都可能重新回归大宋。我在病榻上几天没合眼。我耿耿难眠。我是汉人。我的祖父韩知古少年时代被契丹部落掳入北国，之后才在辽国三世为官。其实杨六郎英勇善战我该高兴才对，但辽君和萧太后又待我不薄，我不能不为辽而战……

我正这样胡思乱想的时候，太后传旨召见我了。我吃了败仗。我已经做了最坏的打算。我到了太后宫，没有看到凤冠霞帔一脸威严的萧太后，却见到了风韵犹存少妇打扮的萧燕燕。我一下子就回到了那遥远的从前。那时我父亲韩知古与宰相萧思温为我们指腹为婚。只是后来燕燕太过出色，就被辽景宗耶律贤招进了宫。后来景宗病死，圣宗耶律隆绪年幼，太后摄政，我被任命为兵马大元帅。戎马倥偬，如果不是萧燕燕刻意提醒，我早已经忘记了我俩还有那层关系。

萧燕燕让我坐下，悠悠地说，德让，我知道你没病。既然没病，那就不能躺下。我不降罪于你，我还要奖赏提拔你。我要赐你皇姓，改名德昌。我要让你忘掉你汉人的身份，以后你就叫耶律德昌吧！

我要叩头谢恩，燕燕跑过来拦住了我。她命人把12岁的小皇帝叫进来，摸着儿子的头流出了眼泪，德昌，你我阴错阳差，但我还是你的燕燕，隆绪就是你的儿子，我要让他拜你为大丞相。你以后就是他的相父！德昌，现在耶律家族宗室亲王，心怀叵测，觊觎皇权，大宋又要开始北伐，我可是把自己、儿子和大辽都交给你了！

我晕在了那里。但还是听见了燕燕太后一样的口气，你不用回家了，你的妻子李氏这会儿已经喝了鸩酒！

我已别无选择。我其实还是爱着这个女人的。我只有为她再度出征。我火速派人到东京汴梁，密见枢密使王钦若。他是我安插在宋廷的最后一个棋子。我要他想尽办法除掉杨六郎。王钦若下了一步狠棋。他假借京城道路之名拆了杨家的清风楼，以激怒杨六郎。杨六朗果然回京。王钦若便以擅离职守罪向宋真宗奏本，杨六郎便被削去了兵权，最后在边关抑郁而死，成了一颗真正的六郎星。

我立即率兵出征，一路浩浩荡荡，势如破竹，很快兵临东京城下，逼迫宋廷定下了澶渊之盟。从此，辽宋讲和，再无战争。宋廷每年还要给我们30万岁币。

耶律隆绪的政权因此平稳过渡。5年后，萧燕燕崩于行宫。那时候耶律隆绪正要让我讨伐高丽，我拒绝了。我已厌倦了战争。我来到萧燕燕的寝陵前，自刎了。临死前，我对皇帝说，你把我送到大宋，葬在杨六郎的墓前吧，我也想做颗六郎星！

蓼花吟

我随何承矩一到雄州，就被白洋淀的蓼花迷住了。

那是一种小巧而不张扬的花。茎叶纤细，花苞艳丽，成片成片地开在淀水里，开在洲岛上，开在北国的秋风里。碧水，蒲草，芦花，被她晕染出灼灼的嫣红，如果不是契丹人的战火，恐怕连雄州城和瓦桥关都迷离在她无边的花影之中了。

何承矩也迷蓼花。他是雄州知州，更是诗人。所以他到雄州不久，就召集州县所属官员和当地文人，大张旗鼓地来白洋淀观赏蓼花了。

在巨大的彩船画舫上，一船人把酒临风，雅兴大发。何承矩很快填好一首词，义把一枝蓼花插在我的头上，对我说，斯兰，你把我的词唱给大家听吧！

我青烟一样飞到了船中央的平台上，轻舞长袖，曼卷裙裾，头戴蓼花，手翘兰花，在古筝之声里唱起了这首《蓼花吟》：莲叶雨，蓼花风，秋恨几枝红。远烟收尽水溶溶，飞雁碧云中……

我的歌声赢得了大家阵阵喝彩。便有人站起来唱和：一渚蓼花携手处，粉煦青柔。萍水不长留，各自悠悠……

还有人应答：水之涯，蓼花开，得鱼换酒来。荷之洲，芦花宿，白洋月落处，不脱蓑衣醉睡足……

何承矩和着大家的吟唱，走向平台。他把我拥进怀中。我仿佛又回到了东京汴梁。那时，我在酒肆茶楼间陪舞卖唱，是何承矩把我赎回家中，教我写诗诵词，我才有了知音。后来他戍守边关，我义无反顾地随他出征。本来我想歇了歌喉，做一个贤德的女人，好好照料他的饮食起居，没想到在白洋淀的蓼花丛里，我又控制不住自己的嗓子了。在何承矩开心的怀抱里，我流出了幸福的泪水。一船人围绕着我俩，以蓼花为题，尽情吟唱，直吟得花发花又谢，直唱得水落水又涨。

咣当——正当大家如醉如痴的时候，一个人掀翻了酒桌，把吟唱弄得戛然而止。那人是益津县令黄懋。只见他双手抱拳，大声嚷道，何大人，辽贼觊觎大宋已久，雄州危在旦夕。大人上任伊始，不思对敌之策，却做逍遥之游。素闻大人清正廉明，没想到也是贪图享乐之辈啊……

啪——何承矩的脸上挂不住了。他放开了我，将手里的酒杯狠狠地摔在地上，黄懋，你口出狂言，败我酒兴，真是大胆。来人，拖下去，把他关起来！

黄懋被押下去了，大家继续吟唱。彩船画舫向淀水深处行去。

何承矩放出黄懋是在三天之后。他亲自把黄懋送到益津县，悄悄地对黄懋说，黄县令，你受苦了。我何某绝不是贪图享乐之辈。辽军屡犯边境，边民耕织失业，田地荒芜，供给困难，我早有贮水围堤以御敌骑、屯田种稻以供自给的想法。但恐怕谋划泄漏，无奈才唱了一曲蓼花吟啊！

何承矩又拿出一个奏折和一卷图册，交给了黄懋，黄县令，这是我给圣上屯田种稻的奏折和我亲自绘制的白洋淀地形图，就劳烦你再辛苦一下，去京城面呈圣上吧！

黄懋单腿点地，双手举过头顶，小的错怪何大人了，还望赎罪！

何承矩哈哈大笑，你哪里有罪？你帮我把戏演得那么好，我还要向圣上举荐你呢！我知道你是闽南人，种稻的事情还得靠你啊！

太宗皇帝准奏的圣旨很快就下来了。何承矩被任命为制置河北延边屯田使，黄懋为屯田副使。

屯田戍边的战役打响了。何承矩发动雄州、鄚州、霸州等地驻兵一万八千人，沿白洋淀边修成了长达600里的堤堰，在淀内挖成了若干条河道，堤内是湖泊，堤外是耕地。堤口设置闸门，可引水灌溉。河道可以御敌，耕地可以种稻。白洋淀真正成为了鱼米之乡。

不想，这件事情到底让辽国知道了。契丹大将耶律阿海率领一万骑兵在中秋之夜打到了雄州城下。何承矩命黄懋坚守城门，然后带着我和几个随从悄悄地上了一条小船。在白洋夜月里，在蓼花成熟的浓郁的芳香里，我们的船飞快地划行着。船上渔火点点，何承矩身披蓑衣，头戴斗笠，在船头竖起那架古筝。随后拿出一只酒葫芦，喝了几口，然后低头抚筝。筝声硬朗激越，穿空而去。我斜倚着何承矩，一抹洁白的长袖飘过他的斗笠。那首《蓼花吟》就在他的斗笠上飘过：莲叶雨，蓼花风，秋恨几枝红。远烟收尽水溶溶，飞雁碧云中……

何承矩在船上——辽军阵里有人呐喊。耶律阿海就停止了攻城，率领骑兵循着筝声和我的歌声追了过来。他们没有放箭，他们想活捉我们。他们就下了河堤，穿过河道，追着我们的渔火而来。没想到，淀里河道越来越宽，越来越密，越来越深。在草原上驰骋纵横的战马很快就都陷在了草泽之中。何承矩的筝声骤然停歇，他命令随从放了一枝闪亮的响箭。不久，就听见雄州城门洞开，黄懋率领守城之兵一路啸叫着追杀而来。白洋淀里一时箭羽如蝗，炮声轰鸣。耶律阿海的骑兵全军覆没。他自己也成了黄懋的俘虏。

我扑在何承矩穿着蓑衣的怀里，我崇拜煞了这个男人。我斯兰不但见证了他作为诗人的文才，我还见证了他作为知州的将才。我想，不会放弃这个男人了，我不会离开这个男人了，我一定要陪他一生一世，一直到死。

后来我的愿望真的实现了。宋太宗驾崩后，宋真宗即位。他中了辽国间谍、枢密使王钦若的离间计，把何承矩调离雄州，降为齐州团练使。上任的第六天，何承矩就吐血而死。

我护送着何承矩的灵柩返回东京。路上，我含泪唱起了那首《蓼花吟》：莲叶雨，蓼花风，秋恨儿枝红。远烟收尽水溶溶，飞雁碧云中……

歌声中，一群风尘仆仆的雄州百姓哭泣着来为他送行。

1858年的歧口

这是一个尘封已久的故事。我知道这个故事一旦公之于世，我将由一个懦夫变成一个英雄。之所以沉默这么多年，是因为我相信真的英雄不应站在岸上，不应享誉在人们的赞美歌颂里，而应沉在海底，沉在真实的历史中。

我刚刚运到歧口炮台时，威风凛凛：硕美的身材，乌黑的炮口，结实的炮架……我昂首在1858年浓烈的阳光和强劲的海风中，身上的红绸缎在海风里飘扬如旗。那时人们叫我"二将军"，我在歧口的南岸。北岸有我的哥哥"大将军"。我们兄弟俩遥遥相对，雄风相逼，一时成为歧口的话题和风景。

涨潮了。海浪声里，常混杂着炮声从深海传来。我身下有着丝丝的颤抖，炮膛有一股类似血液的东西在滚滚奔腾，一直滚到了炮口。我感觉一场战争正悄悄降临。

果然，一个船队在又一次涨潮中出现了。那是英法联军的船队。本来我应该及早发现的。但我没有。昨晚守护在歧口哨所炮台的鹿哨领从城里带回了一个烟花女子。他们就骑在我的身上喝酒耍乐。斟酒伺候他们的是一个叫作陶马的兵丁。陶马是歧口人，是他的老爹把他送上炮台当兵的。那个叫陶牛的老人去深海捕鱼，被一艘外国军船抓去，放回时已失去了双手。渔民以手捕鱼，没有了手，就等于没有了生存的屏依。陶牛脸上的皱纹更深了，像海滩被人挖出了道道海沟。炮台建起来的那天，陶牛就带陶马来了。老人迎着海风靠在了我的身上，悠悠地说，儿子，我要你学会放炮！可陶马没有学放炮，而是被鹿哨领收为了勤务兵。那晚，陶马一杯一杯地倒着酒，鹿哨领和那个妖艳的女子就一杯一杯地喝着。鹿哨领把酒灌进了肚里，女子把酒洒到了我的炮口。当女子唱起撩人的烟花小调时，我已醉眠在漫漫长夜里了……

我醒来时已经太迟了。我已能看见船头上洋毛子们的尖嘴猴腮和涂着蓝靛水一样的眼睛，还有他们手里的望远镜。我扯着嗓子大吼，鹿哨领，快弄炮弹来啊！我喊了大约20多声，鹿哨领没来，陶马和几个兵丁来了。陶马拍着我的炮身嘟囔着，鹿哨领和那女人跑到城里去了，你说这炮弹怎么装吧？

我还没有回答，就听见了一声炮响。我看见歧口北岸我的哥哥"大将军"吐出了一枚炮弹，又吐出了一枚炮弹。长毛子的一艘船就起火了。于是，我焦急地说，我帮你们吧！我就哗地把炮膛自动打开，唰地把炮信子自动弹出。陶马他们就把炮弹推上了膛，把炮口调向了最前面那艘外国船，点上了炮信子。

炮信子哧啦哧啦地燃烧着，一直燃烧了半袋烟功夫，还不见炮弹出膛。我用炮膛中的敏感细胞感觉到炮弹与炮信子无法连接，因为这是一枚臭蛋。

陶马他们立即换下了这枚炮弹，又换上了一枚，还是臭蛋，再推上一枚，还是不响。他奶奶的，我骂了一声！他奶奶的，陶马也骂了一声！

骂声里，一枚炮弹就尖叫着落在了歧口，炮台就被掀去了半边。陶马他们的脸被熏成了黑炭，还有暗红的血从额头上渗出。硝烟未散，有一群人从歧口村跑来了。前面是摇摇晃晃的陶牛。他们有的手里拿着刀叉，有的拿着长矛，还用网兜子兜来了一堆火药。

陶马就跑上去扶住了他爹，嚎啕大哭，爹，炮弹不响啊！陶牛就咬了咬下唇，咬出了两个血淋淋的汉字，奸商！

陶牛走上炮台，看了看我洞开的炮膛，望了望越来越近的长毛子的战船，发出了撕裂空气般的声音，乡亲们，上火药——

轰——歧口渔民自制的土火药和着沙子石块从我急不可耐的胸膛里喷出去。然而却没能够击中目标。

又有几发炮弹从长毛子那里射来。整个炮台都坍塌了，一群人也倒在了血泊里……

狞笑着的长毛子爬上了歧口。海滩上他们的脚印像熊迹。他们把我从沙堆里扒出来，蹬着，踹着，嘲笑着。然后，抬起我放上一只小渔船。他们想把我当作战利品带回他们的国家去。

我怎么能跟他们走呢？我为咸丰皇帝而耻辱，我为鹿哨领而耻辱，我为我自己没能发出一枚炮弹而耻辱。我怎么能把这失败的耻辱带到国外供人展览呢？我必须留下来，即使被人唾骂也要留下来！于是，我不停地晃动炮身，用力下坠，小船就被我掀翻了。

我就留在了歧口，和陶牛、陶马的尸体一起埋在了炮台下。

后来，我被人挖掘出来。得见天日的那天，有人狠命地踹了我一脚，呸，这就是那个懦夫二将军！它可是大敌当前一炮未发啊！我咧了咧锈蚀的炮口，想讲一段故事给他们听，但我终究一言未发。

多少年后，我被人弄到了一座现代化的城市，放在了一个新建的博物馆门前。我经常听到一个年轻的女孩在给游人讲解：1858年的歧口，有两座炮台，北岸有大将军，已经沉在了海底，南岸有二将军，是个懦夫……

柳菖蒲传奇

那年春天，我爷爷柳菖蒲提着两尾活蹦乱跳的红鲤鱼，从七间房去赵北口水葫芦武馆拜师。他兴冲冲地走在千里堤上，哼唱着渔家小曲儿，欣赏着柳绿鹅黄，看着红嘴儿水鸟在苇尖上跳来跳去。我爷爷的心里装满了春天明媚的阳光。他根本不会想到一场羞辱正急风暴雨一样等待着他。

我爷爷在武馆的操练场上见到了水葫芦。那时候，水葫芦正在教两个徒弟练顶肘和跺脚。水葫芦裸着背，汗珠在他背上滚动着，像白洋淀荷叶上的露珠一样晶莹。他的肘船桨一样有力，一下子就把徒弟顶翻在地，他的脚蒲扇一样宽大，一声呐喊，一抬一跺，那操练场就有了一个深深的洼坑。我爷爷咕咚一声就跪倒在洼坑旁，头抵住了洼坑，大声说道，水大师在上，徒儿柳菖蒲前来拜见！

水葫芦一屁股坐在椅子上，一口气喝了两碗荷叶茶。然后慢吞吞地说，柳菖蒲？你怎么就成了我的徒儿了呢？

我爷爷把那两尾红鲤举过头顶，水大师，徒儿做梦都想成为你的徒儿！

大蓟，小蓟，水葫芦喊着那两个在地上喘气的徒弟，起来，把那鱼接过来吧！

大蓟起来，接过我爷爷头顶上的红鲤。望了我爷爷一眼，就来到了水葫芦面前急急地说，师傅，你看，这家伙满头秃疮，还流着脓水，这鱼怎么吃啊？

小蓟抢过鱼来，摔到了我爷爷的头上，你撒泡尿照照自己，就这德行还来跟我师傅学武术？

水葫芦摆摆手，算了算了，既然来了，就让他去厨房打杂吧！

两尾红鲤在地上张了张嘴，不动了。我爷爷的眼泪就流了下来。

我爷爷把头用白羊肚手巾包裹起来，也把自己的激情包裹起来。他除了在厨房打杂以外，每天还帮着打扫武场，收拾武术器械，还要为师父水葫芦和师兄弟大蓟小蓟们打水烧茶。没人教给我爷爷练武，他就偷学。那天晚饭前，我爷爷正在一边烧火一边模仿着水葫芦的招式练习拳脚的时候，大蓟吆喝着进来吃饭了。他把我爷爷头上的白羊肚手巾一下子扯了下来，塞进了灶坑，柳秃子，饭还没熟，你在这里偷懒，看我不告诉师傅去？

我爷爷就捂着脑袋跑出了武馆。他踹了一脚武馆的大门，声嘶力竭地喊道，水葫芦，大蓟小蓟，老子走了，你们等着，老子外出学艺，20年后回来见个高低！

我爷爷家也没回，就连夜走出了白洋淀。他去过沧州，下过天津卫，闯过东三省，遍访名师，苦练武艺。他练过劈挂、螳螂、形意，也练过戳脚、弹腿、太极，他综合这些功夫，给自己的一身武艺取名叫"人极元功拳"。

我爷爷是在20年后的春天踏上家乡的土地的。他急着要去赵北口武馆实现他的诺言。但却在千里堤上遇到了大集。他随着人流来到了牛市上，看见人头攒动，呐喊喧闹。通过头与头的缝隙，他看见一个牛商和牛行老板正扭打一个老汉。便抓过一根竹篙，一个陆地撑舟，从人们的头顶落到了人圈儿正中。我爷爷亮出挑袍双掌，止住了牛商和牛行老板的手，有话好说，干嘛打人？牛商说，这老头买牛少给钱。牛行老板说，这么好的牛，讲好了价钱他却不要了，不要不行，不要也得要。我爷爷就扫了哆哆嗦嗦的老汉一眼，围着那头牛转了一圈，用手掐了一下牛皮，那牛皮立即破了一个口子，牛血就流了出来。我爷爷就对众人大喊，你们看，这牛早已经糟烂不堪，怎么能够强卖给人家呢？

牛行老板和牛商一使眼色，俩人饿虎扑食，向我爷爷扑来。我爷爷身子一蹲，先是猛虎抱头，而后猿猴亮臂，回身一个荷叶掌，分开五指，在牛商身上划了一个圆，再看那厮，身上衣服已成条缕。众人惊呼间，我爷爷退步穿掌，顺风扫雪，一把抓住牛行老板提在半空，甩出丈余，正砸在衣不蔽体的牛商身上。我爷爷狮子抱球、龙形撒步，用脚尖踏住二人的肚子，厉声说道，大蓟小蓟，你们知道我是谁吗？

你是……是秃疮……

胡说，你们看我还有秃疮吗？我爷爷摘下了帽子，一头黑发茁壮地长在他青春的头顶。

我爷爷和水葫芦比武定在赵北口十二联桥上。桥下是波光粼粼鱼跃鸟飞的白洋淀。桥上是白发飘曳背驼腰弯的水葫芦和孔武有力英姿勃发的我爷爷。大蓟小蓟们远远地在桥两旁观看。水葫芦上步，右下塌掌左手挑旗。我爷爷迎门搬捶，上步拈手。水葫芦单臂擒羊，我爷爷金鸡抖翎。水葫芦白鹤亮翅，我爷爷平地穿鱼。水葫芦猿猴献果，我爷爷虎站山岗。水葫芦撒步上下单划手，我爷爷转身左右蝴蝶拳。二人比到100回合，我爷爷招式一变，拳风凛冽起来。只见他大劈大挂，起落钻翻，密如风雨，快如抽鞭，势如大河流水，奔腾咆哮，一泻千里。直搞得水葫芦眼花缭乱精疲力竭，在我爷爷的拳阵里无路可逃。水葫芦悲怆地喊了一声，柳菖蒲，我当年对不住你——喊完，他就越过桥栏杆，倒头扎了下去。

水葫芦没有死。我爷爷把他救上来之后，他赤身反绑，自插荆条，跪在武馆门前。我爷爷和大蓟小蓟把水葫芦搀到正堂，给他松了绑绳，拔了荆条。水葫芦一字一顿地说，从今以后，柳菖蒲就是这里的馆主了！

不久，日本鬼子来到了白洋淀。我爷爷柳菖蒲带着武馆的弟兄们参加了抗日武装雁翎队。

豫西走笔

我是在清晨走进天井窑院的。

推开天井窑院旅游度假村那扇厚重的铁门，一阵带着豫西明显特征的歌声绵软而又清晰地传了过来：

> 正月里来没有花儿采，
> 唯有迎春花儿开。
> 奴有心采一枝头上戴，
> 猛想起月季花月月开。

歌声是听到了，但唱歌的人在哪里呢？我看不见。看不见也没办法，我只得疑惑地随着接站的司机小毋走进了一段斜坡样的地下甬道。我觉得就像走进了一个迷宫。迷宫有一扇小门。小门虚掩着。过了小门的门槛，豁然开朗，一个四四方方的天井展现在我的面前。站在天井中央，我才看清，这是个深入地下四、五米的四合院。院内树木依然葱茏，与挂在树上的金灿灿的玉米相映成趣。四壁上挖出窑洞作为住宅，窑洞门窗俱全，俨然地上房屋建筑。

小毋告诉我，这里是古"陕州"地面，属秦岭东部余脉的丘陵地带。由于古时战乱频发，民居常常被官兵或入侵者烧毁。人们只好因陋就简，在黄土坡上挖孔窑洞居住。然而，因邻近黄河，每到冬天这里又常常北风凛冽，寒冷无比。劳动人民在实践中寻到了一种更好的居住途径，就是在平地上往下挖一四方块的井，长宽各20余米，深约5米。然后在下面的井壁四侧按照易经八卦的要求各往东西南北四个方向掏挖窑洞，形成居住院落。院落上面，用青砖砌成拦马墙，再做一个漏子通风和上下运输粮食货物。天井里修建一个隐蔽的排水坑。这样，上面的风刮不到下面来，天上的雨也淹不了院子。这样，天井窑院便成了人们温馨安逸的家了。冬暖夏凉、挡风隔音、防震抗震，真是"天然空调，恒温住宅"。改革开放以后，随着人们生活水平的日益提高，富裕起来的农民，在地面上建起了砖瓦房，不少人还修建了二层别墅式的小楼。天井窑院就被当地政府开发成了"农家乐"旅游度假村。

果然，那四周的窑洞上写着"梅宅"、"竹房"、"岁寒居"等等颇具文气的名字，室内有电视，有字画，有干净的土炕和床铺，一看就是迎合来此旅游的文人墨客的样子。

但我看见屋里都住满了人了，就问小毌，我住在哪里呢？

小毌没有说话，而是笑着拉了我的手推开了北墙的一扇门。我进去才发现，这既是屋子，又是通往另一个院子的通道。通道的墙壁上，是关于天井窑院的历史、风俗、和传说的图片和文字。

我觉得我走进了一段历史。走进了豫西百姓地坑院4000余年的历史。历史尽头，是天井窑的2号院。哎呀，真是别有洞天。

我又问，我住在哪屋呢？

小毌还不说话，继续拉着我走，又是推开一扇门，又是走过一个通道。这通道上挂着各级领导、新闻单位、外国友人来此视察参观天井窑院的图片和文字。天井窑是人类穴居的活化石。但它随着一户户农民从地下迁升到地上，正慢慢被现代文明所抛弃。这一特色民居即将成为历史。在各级政府的关怀下，陕县人正在抢救和保护这一珍贵的文化遗产，投资对天井窑院进行了保护和开发，建成了豫西民俗博物馆和天井窑院旅游度假村，又被列为省级文物保护单位，成为"中国天井窑院文化之乡"。

原来历史的尽头，才是天井窑辉煌历史的开始。她揭开了古代文明和现代文明接轨并壁的序幕。

到了，蔡先生，你住这屋！小毌终于在我浮想联翩的时候说话了。蓦然抬头，3号院到了。而我就被安排在了3号院的致远居。那屋是院子东面的一孔窑，宽敞明亮，干净整洁。窑门前一棵柿树硕果满枝。嘿，真是宁静致远，可见主人的诗情画意与主办单位三门峡文联的独具匠心。

我这才想起邀请我来参加此次甘山散文笔会的三门峡文联主席杨凡大姐。我问小毋，杨主席呢？开会的作家们呢？

　　小毋说，在0号院等你吃饭呢！

　　怎么？还有个0号院？我吃惊地问。然后不等小毋回答，又对他说，赶紧带我去！

　　我们就沿着来时的路，返回到了1号院。在1号院西面的窑洞穿过，啊，又是一番天地。原来会议住的是井院联合的拐弯儿窑，天井连着天井，院落通着院落。此刻，0号院里，热闹非凡，河南省散文界的作家朋友正在吃早饭。散文学会会长、茅盾文学奖评委王剑冰、神交已久的散文作家廖华歌，还有忙忙碌碌的热心的热情的热忱的杨凡大姐……

　　原来，我听到的歌声就是从这里传出去，传到地面上的。我见证了"见树不见房，闻声不见人"真实场面。我终于找到了声音的源头。那个房东大姐，正一面给作家们盛粥，一面唱着民歌：

二月里来龙抬头，

王三姐梳妆上彩楼。

手把楼门向下望，

紫金花开在路旁……

　　那天，在陕县西张村镇庙上村，我不仅听到了美妙的歌声，还吃到了豫西特色的农家饭水席十大碗。雨过天晴的晚上，我还看到了天井窑上空的星星。我好久没有看到这么多的星星了。那真是繁星满天。

　　哦，那是陕州历史上的繁星满天！

　　哦，那是散文艺术界的繁星满天！

【之二：甘山秋雨】

　　我是来甘山开笔会的。我也是来甘山看红叶的。

　　可惜，我没有看到甘山红叶。我只看到了甘山秋雨。

　　其实看雨也是一种情调。

那雨来临的时候，是有些征兆的。我们还在甘山国家森林公园的会议室里研讨散文的时候，甘山的秋叶就像蝴蝶谷的蝴蝶一样在会议室外飘了起来。深红的叶子，浅红的叶子，暗红的叶子，半黄半红的叶子，还有深绿的叶子就一起飘成了满天的烂漫。那是各式各样的叶子，那是各式各样的蝴蝶。那落叶的飘舞，也只能是为散文笔会的诗意的飘舞；那落叶的气势，也只能是散文的甘山才有的气势。

我为这漫天飘舞的气势所惊讶。我从会场上跑了出来。我就看到了秋风吹落叶的奇观。落叶是从甘山上飘下来的，是从树林中飘下来的，是从秋深似海的意境中飘下来的。它飘过天空，飘过丘陵，飘过屋顶，飘过秋意阑珊的心情，眷眷不舍，飘忽迷离。我想甘山的落叶离开大树的怀抱，是心有不甘的，所以，才在落地之前，最大限度地争红着自己，绚烂着自己，给自己一年一度的功过划上一个完美的句号。从这个角度说，甘山红叶不仅是有生命的，而且是有思想的，而且是深入到整个身体的不可言说的沉重的思想。然而，秋雨是不吝惜它的，秋雨的工作就是在这个时候适时地吹落它，让树歇了疯狂生长的态势，让山封了一春一夏的喧嚣，进入必不可少的休憩，进入必不可少的四季轮回。

这样放肆的思索着，秋雨早就放肆地下起来了。我看见飘舞的落叶被密集的直线的雨弹击中，疼痛着撕烂着贯穿着坠落于地。我听到了落叶受伤的哀鸣，也听到了落叶如释重负的叹息。落叶铺满地，秋雨便成了甘山的主宰。

甘山秋雨是带着寒意而来的，冰冷且凌厉；甘山秋雨是带着信息而来的，准时而真切；甘山秋雨是带着激情而来的，迅猛又活跃；甘山秋雨最重要的是带着诗意而来的，它在作家诗人们因为看不到甘山红叶而心存遗憾的同时，带来了甘山的湿润、清冽和柔美。

是的，那是一种矛盾的柔美。尤其是当我们吃完午饭来到羊十八岭眺望甘山雨景的时候。我们更加体会了这种柔美。你看，眼前的雨依然凌厉，而远山的雨雾早已飘荡缭绕成了散文诗。当地的作家们说，就在这里，就在这个季节，就在这长亭上，晴朗的天空下，能看到满山的漆树、黄栌、南天竹、楝树和五角枫，能看到他们身上的五彩缤纷，层林尽染，能看到丹枫流霞，万山红遍。而眼前，只能看到雨雾的妖娆，山峰的迷蒙，沟壑的神秘以及早已预知的红叶的命运。

其实能看到这些也是一种情调，也是一种不可预知的美。雨丝如练，雾锁远山，心翼随雨雾飞翔而去。便有了太多的遐想，太多的虚构，太多的空间和湿润的，浓郁的，怎么也化不开的诗意。作为作家，甘山雨带来的诗意正是我们梦寐以求的。

我没有看到甘山红叶，但我在羊十八岭捡拾了一片落地的红叶。

我又看到了红叶，那红叶分明红在了我敏感的心头！

【之三：函关古道】

我终于走在了函关古道上。

我开始寻找两位历史老人的足迹，开始体验他们在历史的天空下经过古道的心情。

公元前491年(秦昭王25年)，东周"柱下史"、守藏室守藏史李耳辞官西游，被关令尹喜强留，在关内的太初宫写下了千古绝唱《道德经》。

李耳那时已经80岁了。80岁的人做一个小官你说还有什么意思？所以李耳辞官，所以李耳西游。我想李耳当时的心情肯定是沮丧不堪的，他的抱负、他的思想、甚至他的为官之道是不被世人理解的，他的官职也不足以让他心平气和。他也不会是像后人说的驾着紫气东来。但他确实是驾着青牛一个人东来的。一个官场得意、踌躇满志的人是应该做着铁轮的马车被众多的随从保护而来的。李耳没有。但李耳有的是思想，有的是学问，有的是对整个世界博大精深的认识。是函谷关成就了他，是关令尹喜成就了他。所以才有后来的老子，才有那部划时代的巨著，那部绵绵无期弥久不衰饮誉世界的《道德经》。其实李耳早应该是老子了，其实李耳一生下来就应该是老子了。这不单单因为他一生下来就有白色的眉毛和胡子，而是他就本应该是老子。老子天下第一，老子就不做官，老子就著书立说，老子就文韬武略，老子就自由潇洒，老子就道法自然，老子就来古道听蝉，就在青牛背上看云卷云舒，闻鸡犬之声。你说他不是老子他是谁？

李耳稍后的岁月里，一个叫秦越人的老人也来到了函谷关。碰巧的是，秦越人也已经80岁了，也长着白色的眉毛和白色的胡子。不同的是，他是骑着一头毛驴走进函关古道的。他来自遥远的齐国，来自渤海鄚郡。那里有一汪美丽的水域叫白洋淀。秦越人就生在白洋淀边。但他没有欣赏风景的习惯，他注定要周游列国，注定要治病救人。他这次是要到强大的秦国去的，他要见一见周武王，顺便把周武王耳朵和眼睛之间的病治好。秦越人是我的老乡。我更能猜测出老乡当时的心情。我的这位老乡年轻的时候是在军队上干过的，他当然也想横刀立马走天下，建功立业展雄才。但他没有成功。他后来跟着长桑君学了医。他后来就把自己的初衷深深的掩藏起来，开始用高超的医术来医治人们的病体。

但秦越人还是医治不了人们的灵魂。至少他医治不了秦太医令李醯的灵魂，当然更医治不了秦武王的灵魂。所以，他只能逃离秦国，只能被李醯追杀，只能命断崤函之地。我猜秦越人治好了秦武王的病，可能是有留在秦国的想法的。但他不见得就看重了李醯的太医令。他很可能还想施展一下他的政治抱负，至少要施展一下他的军事才能。但医生就是医生，都是名满天下的医生了是不该有这种想法的。至少不该到秦国去有这种想法。所以秦越人只能成为扁鹊。

神医扁鹊其实也是后来人们对他的称呼。民间更愿意要一个名垂千古的神医，维持他目前已成定局的神话。当然我也是如此。我更希望我的猜想只能是猜想而已。我崇拜的是神医扁鹊。

我就是怀着这样崇拜的敬意，走上西行之路的。我沿着扁鹊行医的路线终于来到了函谷关。我终于走在了函关古道上。

另一个老者——李耳就是在函关古道上和我不期而遇的。碰巧的是，李耳和秦越人在这里都给人治过病。

更碰巧的是，三门峡的文联主席杨凡大姐也在这里与我不期而遇。她带我走进了函关古道。

她让我一个人行走在狭窄悠长的古道之中。绝谷深迤，巍峰插天，树木萧瑟，落叶缤纷，雁飞长空，鸟声幽咽。我迷失在古道情怀之中。杨主席神秘地对我说，我给你接通了历史与现实的电话，你听这风声、这脚步声，这铁蹄声，厮杀声，还有，李耳的牛在哞叫，还有，扁鹊的驴也在呼喊，那真是一头神驴……

我仔细听。没听见。再摒心静气地仔细听，终于听见了。

不但听见了，我还看见了。

我看见李耳骑着青牛驾着紫气东来了。

我看见扁鹊骑着毛驴拿着银针东来了。

他们和我一起走过了天险雄关，一起走进了侵满远芳的古道，迤逦西行。

【之四：石壕新村】

秋风劲吹，草木摇落。苍茫的秋色里，石壕古道就在我的眼前延伸着。

古道位于陕县硖石乡车壕村的石板坡上，长约三公里，七、八米宽的路面上残留着深刻的车壕印痕，最深处约可盈尺。这是古代丝绸之路的一部分，商贾的马车、军队的战车在这里曾经千百年的压轧，就碾成了一段中原与西域经济文化不断交流的历史。那深深的石壕里，装满了无数动人心扉的故事和传说。

当然还有盛唐时代的诗歌。那诗歌就像我身后山坳里那片炫目的芦花一样，在阳光下雄健澎湃地绽放着，飘飞着，由盛唐飘来，飘到了眼前，飘到了石壕，飘到了石壕村。

我坐在石壕古道上，用双手触摸着深深的壕沟。我触摸到了冰凉的车轮，触摸到了纷飞的硝烟，触摸到了将士的白骨，触摸到了怨妇的眼泪。我也触摸到了大诗人杜甫消瘦的身影和他那首不朽的诗篇《石壕吏》："暮投石壕村，有吏夜捉人。老翁逾墙走，老妇出看门……"

而石壕村就在眼前。就在这古道翻越山坡，向东北的两公里处。我站在山坡上，就能望见。我的心早就沿着古道飞到了那里。

与杜子美的"暮投"不同，我们是"午投"石壕村的。村子在一条柏油公路的北面，背依金银山而建。山上果树成林，柿子、苹果和枸杞红成一片，村口几株古老的樟树落叶缤纷。这时已经过了午饭的时间，大多的村民吃完午饭在小憩，街上行人很少。几个老人蹲在没有墙头的院子里唠嗑。村里宽阔的中心街道上，不时有家用轿车和运输水果的货车呼啸而过。三三两两的女孩穿着毛裙和马靴、烫着金色的卷发毫无顾忌地说笑着在大街上逍遥。街道两旁，是整齐的砖瓦房，隔不远就有一栋小楼拔地而起。离村子不远，有一片高楼，树林一样峥嵘在山后，那是有名的石壕煤矿。

2000多口的村民们生活在富足和安静之中。沧桑轮换，世事变迁，我们还到哪里去看1200多年前的石壕村呢？那老翁逾墙走的"墙"还在吗？那老妇出看门的"门"还在吗？那诗人睡觉的"土炕"还在吗？

同行的向导——陕县文化局的小张笑而不答。他领着我们一直向村东走。在一个靠崖而居的三合院停下了。到了，小张说，这里就是杜甫借宿的地方了。

我们进到院里，看见一个妇人正在自来水管前洗衣服，一个男人正在月台上逗着一个小孩玩儿，小孩儿的笑声像水管里的水一样哗哗地流淌，清清亮亮的让人想到山间的小溪。小张把我们一行四人做了介绍：三门峡作协主席杨凡、山东作家李立泰、河北作家蔡楠。说明来意后，主人很热情的接待了我们。我们在他家院子里聊天。我们知道他叫雷保军，63岁了。有三个孩子，一个在城里工作，两个煤矿上上班。在他膝下的是他的小孙子，已经四岁了，在村里上幼儿园。儿媳在学校教书，洗衣服的是和他同岁的老伴儿。

在这样一个农家院里，在老雷的面前，我的脑海又掠过了杜甫的诗句。"听妇前致词，三男邺城戍，一男附书至，二男新战死，室中更无人，惟有乳下孙，有孙母未去，出入无完裙……"也许是那首诗在我的心里烙印太深，就像石壕古道的印痕不能拂去。我总是拿1200多年前的院落与这个院落相比较，总是拿1200多年前的那户人家与这家人家相比较。我一下子就比较出了许多相似之处，一下子就又比较出了许多不同之处。一样的天空，一样的阳光，一样的家庭，只是时代变了，农家的生活就变得如此美好和幸福了。

在老雷的叙述里，我们还知道，老雷不是那个石壕老翁的后代。他的祖先买下了这块地方，居住在这里也才只有四五代的样子。至于那个石壕老翁的后代在哪里，留没留下后代，就很难说清了。不过那段墙头还在，杜甫住的那个屋子还在……

老雷把我们领到他正房最西面一间堆放杂物的房里。挪开了北墙山边的一个大瓮，一扇小门敞开了。我们钻了进去，里面是一孔黑漆漆的窑洞。老雷拿来了手电。我看清了：窑洞很宽敞，高有两米多，最里面有一截风化的土墙，墙上有一个堵住的洞孔……

是了，就是这里了。这就是我所要寻找的石壕村了。所有的一切都与我这些年的想象相吻合。战乱的残酷，弱者的哭泣，差役的暴横，诗人的悲鸣，都在这黑漆漆的窑洞里得到了重现。我们走进了这个窑洞，就是走进了唐朝，走进了那个兵荒马乱民不聊生的年代。

拍完照，留了念，我好久走不出这个窑洞，走不出那个年代。好像我就是杜甫，好像我又是袁枚，不然，我怎么会吟出如下的诗句：

"莫唱当年长恨歌，

　　人间亦自有银河。

　　石壕村里夫妻别，

　　泪比长生殿上多。"

　　好在石壕老翁的历史早就翻过去了。就像这破败的窑洞，已经被老雷封存在漆黑里面了。或许再过几年，他或者他的子孙可能就要填上它，就要封闭它。或者在他的旧址上盖上工厂，盖上高楼，建成石壕新村，建成一个乡村都市的。

　　那时候，我们这次的访问石壕村，就成了最后的访问了。

【之五：上阳古城】

　　上阳古城与扁鹊有关。

　　那是战国时期。那时候还没有三门峡，也没有陕州。那时候只有虢国。而虢国的都城就在上阳。

　　我的老乡神医扁鹊周游列国，为天下人治病，过了齐楚燕，赵魏晋，来到了虢国。虢太子得了"尸厥症"，扁鹊用小小银针就使太子起死回生。

　　多少年后，我成了一个寻找扁鹊的人。我踏着扁鹊的足迹来到了上阳古城。

　　在那个新城三门峡与古城交界的地方，修复过的城门楼子沐浴在下午的秋阳里。彩漆斑驳，而门楼依然翘楚，风雨的侵蚀不能剥离它自古而来的威武壮观。三门峡作协主席杨凡大姐对我说，你下车去，你一定要下车走一走，才能体会你们老乡当时入虢的心境。

　　我下了车。我从正门走进去，又从侧门走出来。我从另一侧门进去，又从正门走出来。我不知道当时扁鹊是怎样走进这个城门的。甚至我也不知道当时有没有这个城门。但我知道他是被人急急地请进城里去的，太子已经昏死半日，命悬一线。他是不可能像我这样磨磨蹭蹭悠闲自在的。他一定是被人从毛驴上架下来，又架上马车，簇拥着进入王宫的。两天后，太子病愈，国君想把扁鹊留在身边，而扁鹊还要到秦国去，还要到天底下所有的国家去。他坚辞不留。他是偷偷地和弟子跑出王宫的。他急急地出了这个城门，急急地出了这个国家。所以我想，他也是没有心思来欣赏这里的风景的。他的心思全部用在行医治病上了。

而我没有那么急迫，我是有充足的时间来游览这座古城的。其实这座古城已经被开辟成了一个巨大的公园。一个巨大的森林公园。几十甚至上百种树木在这里茁壮生长，早已经生长成了林海，生长成了一个空气新鲜，环境幽雅的天然氧吧。古城楼的右边是保存完好的古城墙，我沿着古城墙踏着萧萧落叶向林海深处走去。城墙的那边，就是三门峡市，不时有汽车喇叭声、行人的欢笑声传过来。透过树木的缝隙，我还能望见那边的高楼大厦，还有花花绿绿的广告牌匾。喧嚣与静谧，现代与古老，浮躁与深沉，就被这一段古老的土墙截然隔开了。我在古城墙上看见了几个梯蹬，不知是古人留下的，还是今人留下的。我想扒住梯蹬攀上城墙，想看一看墙那边的世界。但正是雨后，梯蹬很滑，试了几次，都没有成功。我想，一个人的身体只能生活在一个时代，他不可能一半生在古代一半生在现代的。

但一个人的思想是能够出入两个时代的，而且还能够飞跃千载，飞越时空。当我登上了古城墙上的一个瞭望亭极目远眺时，我的心头突然闪现了这样的火花。我向远方眺望，我不仅望见了繁华的三门峡，我还望见了黄河，望见了崤山。原来上阳城就依傍崤山，地跨黄河两岸。秉有山之险，水之泽，才有物之阜，民之丰，才有虢国遗民的生生不息，才有现代化的城市三门峡。

下得亭来，杨主席的车子已经等在那里了。她笑吟吟地说，走累了吧，像你这样走，三天你也走不出这片林海。还是上车，我带你去看几处景点吧！

原来这里景点很多，有上阳苑，有宝轮塔，还有双龙湖。在双龙湖大桥上，我们泊了车。桥上视野开阔，所有景致尽收眼底。左面是母亲河黄河，前面是刚刚走出的林海，右面是碧水澄澈的湖面。湖面上野鸭成群，鸥鸟飞回。几个远道而来的摄影家正用他们那炮筒一样专业的摄影设备尽兴地扫描着湖面。突然，两只红嘴黑天鹅从桥上飞过，飞栖在湖里的小洲之上，然后它们在小洲上嬉戏，一只振羽鸣叫，一只临风舞蹈。摄影家们赶紧把炮筒对准了天鹅，天鹅的风姿就完全摄入了他们的快门。

咦！真是意想不到的收获！我原来只知道三门峡是生产美女和才女的地方。比如武则天，上官婉儿；比如杨贵妃，虢国夫人。但我从不知道，这里还是天鹅飞临的地方。天鹅是神鸟，是圣洁吉祥的象征。哪里有天鹅的降临，哪里里就有美好、幸福和富足降临。

那次在上阳古城，我带回来一砖、一瓦，一石，我想从这里透视几千年前神医扁鹊的身影。我还带回来杨凡主席给我拍的一张照片。我站在桥上，身后是波平如镜的双龙湖，再身后是美丽的新兴城市三门峡——一个天鹅飞临的地方。

莲藕无丝

安徽合肥，古称庐州，是一代名相包拯的故里。因此，去合肥不能不游包公祠。

其实包公祠内并无奇特之处，它与绝大多数祠堂一样，无非是有包公塑像、事迹陈列、宗族介绍以及后人的碑记匾额，等等。它的奇特之处你只有在祠外才能发现和体味。

按照中国古代的传统，祠堂的大门都是座北朝南，可是包氏宗祠却反其道而建之，打破传统，坐南朝北。这不能不说是它的一个奇特之处。祠门为何面北？我问身边的导游。导游笑而答曰："为表忠心呀！包拯刚直不阿，执法如山，必然得罪了一些奸臣，奸臣便到皇上那里诬告包拯图谋不轨，为表白忠心，包拯才将祠门北开，以示子子孙孙永不面南。"我明白了：一个人和一个祠是紧密相连的，包拯之所以成为包拯，是因了他的一腔正气、两袖清风和忠正无私，包祠之所以是包祠，就必然反映包拯的特点和个性。如此说来，包祠坐南朝北的建筑，即是包大人身体力行的"行为艺术"呢！

接下来，我就要说到包公祠外另一个奇特之处了。举凡祠堂，或建于山前，或建于屋后，而包公祠则建于河畔。那条河流被后人称之为包河。河畔，绿树掩映，风景秀丽；河里，鲫鱼畅游，莲藕遍布。这里的鱼、藕与别处的鱼、藕是不一样的。鲫鱼，是乌黑的脊梁盖，象征包拯铁面；而藕呢？是没有丝的。由此，当地的老百姓便盛传着一条歇后语，包河莲藕——无丝(私)。

这条歇后语和无丝的藕当然与包拯有关。据说，包公因为破了"狸猫换太子"那宗大案，帮宋仁宗找到了亲生母亲，宋仁宗决定把半个庐州城封赏给包拯。包坚辞不受说："我做官，为的是国家和黎民百姓，不是为请赏；我家后代当自食其力，臣不愿给他们留下什么遗产！"宋仁宗就把包家门前的一段人工河赏赐给了包拯。其实河是公共的，赏赐只是一种形式而已。就这也招来了奸佞小人的议论。包拯为杜绝小人的议论，不仅将河流开放，任百姓捕鱼采藕，而且还写了一个纸条贴在河边，上书：河藕能吃不能卖，卖藕只能作药吃。留言后人记分明：包拯铁面藕无丝(私)！果真，自那以后，包河的藕如果只吃不卖，则香甜可口；如果作价来卖，就清淡无味，只能作药引子用了。

为了证实包河藕无丝，我走到一个卖藕的摊贩前，掰开了一截刚采上来的新藕，真的无丝。那天，我站在包河前，独对满河莲藕，痴痴地想：这世上的莲藕，原本都是有丝的，藕断丝连便是它的证明。为什么独独包河的藕无丝呢？是因为土壤、气候、环境、水质的关系吗？也许是，但更重要的是这里出了一个包公呀！假如华夏大地，州州县县，村村镇镇都有包公的存在，那黎民百姓岂不是都会吃上香甜可口的无丝(私)藕？

开悟观音山

渴望游览观音山有两个原因。一是在中央电视台看到了一则消息：说是在东莞观音山森林公园内的原始次森林一条小溪的岩缝中，发现了一种古珍稀动物"中国小鲵"。被发现的"中国小鲵"长约十三厘米，宽约三厘米，与恐龙同处一个时代、距今三点二亿年。另一个原因是说在观音山常年活跃着一个杂技表演队，那是来自我们沧州吴桥杂技大世界的表演队。这极大地激发了我的兴趣。我要看看到底有什么特别的因素能在这里发现"中国小鲵",也要看看到底是什么在吸引着杂技队一直驻留在这里,以致流连忘返。

终于,在一次笔会结束以后,我兴致盎然地来到了观音山。

一下子,我就被她迷住了。

我首先迷醉在她沉稳恢宏的磅礴大气之中。秋天的观音山,山体呈褚红色,远远望去犹如一条沉睡于绣江河畔的火龙,直映得云霞如丹。在这种热烈、内敛、沉稳的背景下,我想一定会有不寻常的景物。果然,在总面积10000平方米的观音广场,我看到了全世界最大的玄武岩观世音菩萨雕像。她雄踞海拔高达488米的观音山顶,净高33米,重达3000多吨,雕刻精美,栩栩如生。雕像前方有两条山龙和一条水龙盘绕护驾,佐以大、小峡谷两条彩绫,是为三龙献瑞。这圣像是观音山之所以得名的根由。其他地方观音像雪白,寓意纯洁无瑕;观音山的观音像暗红,仿佛有血有肉,整座山就有了有灵性,有了力量和活力。金榜山上的一幅金光闪闪的天然大金榜则更是雄伟。据称,此榜长670米,高189米,传说是玉皇大帝恩赐给神州大地的宝物。观音山以天然的恢宏大气展示着大自然的鬼斧神工,以刚柔并济的和谐寓意着天人合一。

沉醉在山势雄伟的感叹中,不是我的目的。我更钟情的是那苍茫连绵的原始次森林。我来自华北明珠白洋淀,我已经习惯了那里的水天一色、柳绿荷红。我常常在白洋淀驾一叶扁舟,来到一个小岛上,在大自然的怀抱中陶醉。这次在原始次森林面前,我真的被击中了。这种茂盛、神秘、天然的雄浑绝非白洋淀可比,她简直就是另一个世界。这里林海茫茫,树种繁多;这里草木阴翳,风光别具。这里有清澈深邃的河谷,繁衍众多的飞禽走兽;这里是奇花异草漫山遍野,是植物的王国,绿色的宝库;这里珍禽异兽时有出没,是鸟兽的天堂;这里曲折深邃,空气清新,鸟语花香,是大自然的迷宫。我在导游的指点下,来到了那条发现"中国小鲵"的小溪。在小溪前,我沉思良久,终于开悟:是这里保持完整、人迹罕至的自然生态成就了中国小鲵。我为中国小鲵庆幸,也为观音山骄傲。亿万年的钟灵毓秀,造就了这里的自然风光,保留了自然界的稀有物种,这是观音山和观音山的人民对这个世界的独有贡献。看完"中国小鲵"的发现地,我还有一个故乡情结没有打开。我要找我们那个吴桥杂技表演队。我来到了公园内占地50000平方米的娱乐中心。老远就听到了阵阵的喝彩声。我挤进人群,看见一个小姑娘正在表演蹬瓮。那是一个高难度的节目。在吴桥杂技大世界，我多次观看过这个节目，我还进入过那个巨大的瓮里，在表演者不停地旋转中心惊胆战过。可在这里，只听见喝彩声，就是没有人敢进入那个瓮里。我跑上台，在一个小伙子的帮助下，又一次进入了大瓮。

我帮助老乡们完成了一次表演。赢得了暴风雨般的掌声。表演完毕，见到了表演队的队长。见我是沧州老家来的，那个壮实得像个铁塔似的老人对我打开了话匣子。他说，老乡你问我为什么长期住在这里吗？我喜欢这里的景点，我喜欢高插云霄的飞云阁，喜欢飞珠溅玉的普渡溪。我还喜欢这里的环境，菩提径上古树虬枝，妙趣天成，仙宫岭仙风道骨，古迹犹存。整个公园景色迷人，空气清新，负离子含量极高，实为养生、观赏怡情、保健的风水宝地，被誉为"南天圣地，百粤秘境"。所以，我们愿意在这里常年驻场演出，愿意把咱们家乡的武术的风采展现在给这里的所有游人！

听完老乡浸染其中充满诗意的表达，我再一次开悟：观音山是有灵性的，她的灵性是自然的，是诗意的，是深邃的，是宽容的。正是这些，才有了诸如"中国小鲵"这种珍稀动物的生存，也才有像吴桥杂技这样一种外乡艺术的传承。然而，大自然并不是平白无故馈赠给这方水土这样一块瑰宝的，她看重的是这里的古朴民风，是这里崇尚自然、热爱生活的人民！所以，才有这样一方圣土，这样一个佳境。

我们每一个崇尚自然、热爱生活的人，都会希望我们生活的这个国度，处处是圣士，处处有佳境！

诠释白洋淀

有一位叫甜甜的小朋友曾经问我："叔叔，白洋淀是什么意思呀！"这既简单又深刻的问题使我这自诩为能写白洋淀小说的人颇为难了许久，终于没能答上来。

于是，在九月的一天，我约了几位要好的朋友，特地带上了甜甜，去秋游白洋淀了。

白洋淀旅游景点很多。西去有久负盛名的鸳鸯岛、快乐岛，还有新建成的九龙潭、乾隆行宫；北去有温泉城、水上度假村。旅游工具有木船、机帆船、汽艇。如果你有兴趣，还可以乘坐旅游飞机在白洋淀上空盘桓一周，做一下跳伞的游戏呢！我们却选择了渴慕已久的荷花淀，选用了最普通的小木船。

其实游白洋淀最好还是坐木船。悠悠的桨声划破了水面的寂静，荡一脉飘逸的波痕；慢慢细数头顶飞过的海鸥和水鸟；在港汉水道间观赏满淀的芦苇，将双脚浸泡在水中，随手抓一把水草和浮萍，又随手扔掉，一船的人便有一种幽幽的惬意从心底漫上来，就像白洋淀水轻轻地流过，滋润得不行，心痒得不行。那感觉，确乎是喝了一杯醇香醉人的美酒呢！

我们的小船划进了荷花淀。那是怎样的一个荷花淀啊！满眼的荷叶铺展着，望不到尽头，青翠欲滴的绿绿了染了游人的眼睛。此时莲花已开过了她热闹的季节，偶尔有几只迟到的鲜艳点缀在如林如盖的荷茎和莲蓬中间，有一种夺人魂魄的稀有的美。

为我们撑船的渔家后生姓王，长着一脸的络腮胡须，那长长的一绺在腮下飘曳着，很有点艺术气质。我冲他开玩笑道："你要是换身行头，真像个导演呢！"后生点头一笑："别人也这么说过。不瞒你说，俺这里真来过一个导演呢！中央电视台的，来这里拍电视剧，叫《荷花淀的故事》，拍了三天，我这只小船也跟了三天。俺还当了一回群众演员呢！"大家哇的一声，表示了惊羡，于是开口闭口叫他"王导"。"王导"是个很健谈的年轻人。听他介绍，这片荷花淀是他承包的，有2000多亩，四周围上栏网，水里养鱼。淀里不光种藕，还有大片大片的芦苇。每年下来，荷、苇、鱼的收获不下10万呢！我们都为他高兴。一个朋友真诚地说："王导，你真是一个导演，你导演着你自己的生活，很精彩的生活！"

"王导"爽朗地笑了。他长篙一点，将小船撑向荷叶深处，豪迈地将手一挥道："别人进荷花淀摘一只莲蓬一块钱，你们随便摘吧！一分钱也不要！"噢——我们不禁欢呼起来。开始采摘莲蓬了，喀，喀，喀，一只一只的莲蓬被我们甩进了船舱。小船在我们激烈的动作下左摇右摆，像载不动了如许多的快乐和愉悦。那个擅长演讲的朋友吟起了诗句：采莲白洋秋，莲蓬过人头，低头弄莲子，莲子清如水。莲子岂止清如水吗？莲子更是难得的上口佳品呢！我们急切地剥开莲蓬，将滚圆、饱满的莲子抛入口中，贪婪地咀嚼。那香，那甜，那脆，不到荷花淀，你是无法体验到的。最有趣的是不到四周岁的甜甜，她头戴荷帽，将一只大大的莲蓬举过头顶，甜甜地笑成一朵荷花。我激动地拍下了这个美好的镜头。

莲蓬满舱了，我们的小船也该出淀了。远处传来了悠悠的歌声：白洋水呀清又纯，苇尖尖恋着苇根根；白洋水呀美又甜，青荷荷恋着白莲莲；白洋水呀甜又美，情哥哥恋着情妹妹——

循着歌声望去，但见一只小船在不远处停泊着，船头依偎着一对渔家男女。阳光将他们的俪影投射到了静美的湖水中。哦，多么美妙的歌声，多么具有诗意的水乡风情画呀！

在归途中，我终于有了关于白洋淀的诠释。我对小甜甜讲：白洋淀是香甜可口、满口余香的莲子；白洋淀是樱花初绽、飒飒爽爽的芦苇；白洋淀是满船满船的鱼虾和菱藕；白洋淀是一首情歌，是一道永远的风景……

甜甜，我相信这诠释，你游了白洋淀后一定会听懂的，对吗？

淀边人家的幸福生活

车到任丘七间房，驶上千里堤，映入眼帘的就是汪汪一碧的华北明珠白洋淀了。千里堤上是一个半旱半水的村落。村民傍堤而居。高高矮矮的民居得淀水滋润，像人一样精神鲜亮。

千里堤向右一拐的黄金地段，就是马涛鱼馆。马涛鱼馆的主人是马柱，马柱是马涛的父亲。

48岁的马柱大哥有一个幸福的家。利落强干的媳妇、聪明的女儿还有刚刚结婚的儿子儿媳，让他觉得淀边水乡人家的日子，就像夏天的淀水一样，行情看涨。日子行情看涨的马柱说，水是白洋淀的魂儿，水是白洋淀人的根儿。水源的补充，使干淀的年代成为了过去。他家有祖传做鱼的秘方，为了让更多的人品尝到水乡特色鱼，他才筹建了鱼馆。

除了经营鱼馆以外，马柱还有一条价值4万元的旅游快艇。他的快艇就泊在鱼馆前面的码头。并排等在那里的快艇和木船蓄了一冬一春的希望，摆着百舸争渡的架势。每天马柱都要仔细擦拭自己心爱的快艇。他要让来白洋淀旅游的客人有一个干净的座位，有一个舒适明净的好心情。

有客人来了，马柱大哥将快艇加满油，心情舒畅地驾艇驶入了白洋淀。夏天的白洋淀，水清鱼跃，苇绿荷红。在快艇激情的歌唱里，马柱边驾艇前行，边给游客讲述雁翎队对打鬼子的故事。

快艇出了任丘管辖的水域，就是保定安新的水面了，第一站要去的景点就是采蒲台的小鱼岛。

采蒲台是"荷花淀派"文学鼻祖——孙犁先生战斗生活过的地方。他在这里留下了优美的散文《采蒲台的苇》。而今，那一片英雄的苇依然年轻，她用几十年的茁壮证明着比人类顽强的生命。这大片的芦苇和这大片的水域被一个叫郭二民的人承包了。郭二民和马柱哥是很好的朋友。朋友的朋友来了，郭二民是不收门票的。郭二民早年经商，生意很红火，在村上盖了二层小楼，后来自己当起了悠闲的小渔岛岛主。

水生水长的郭二民一家经营着渔岛，他在岛上建起了抗日英雄纪念园、采蒲台战役纪念碑和垂钓园。他还从云南买来了孔雀、山鸡。建起了孔雀园。郭二民的媳妇是一个娴静勤劳的水乡妇女。她在岛上种了一个菜园子。她还管着那些远来而居的孔雀和山鸡们。孔雀开屏的时候，她就招呼游客来观赏，把脱落下来的孔雀翎送给游客。山鸡下蛋的时候，她端着一个小笸箩去拣蛋。热乎乎的山鸡蛋攥在手里，她的心里也盛满了热乎乎的幸福。有游客索要山鸡蛋的时候，她会亳不吝啬地赠送。那眼神依然是笑眯眯的，是水乡妇女特有的那种温柔。

郭二民的儿子是一个黝黑的水乡少年。长得很像小兵张嘎。媒婆找上门来给他介绍对象，问他要什么样的。他调皮地说，我要找个城里人，让她来采蒲台和我一起养鸭子！啧啧，这嘎小子，眼光还不低呢！

碰巧那天马柱给郭二民带来了个作家朋友。作家是写白洋淀的。作家在全国各地还有很多作家朋友。作家说，老郭你这里还要上档次上规模上水平。要盖一个宾馆，就盖成水乡农庄式的。我可以邀来四面八方的朋友来此度假、开创作会、写文章。那时，你这里可就是作家之家了！

郭二民就连忙过来，紧紧握住了作家的手大声说，好好好，我就和柱哥一起投资。到时候，你们可要好好宣传宣传采蒲台，好好写一写白洋淀啊！

合影留念后，游客要离开小鱼岛了。郭二民亲自送客人上船。这时，淀风强劲地吹过，郭二民的头发高高竖起来，像淀里的芦苇一样峥嵘。

返回的路程总是很短。快艇箭一样飞过湖面，眨眼就到白洋淀码头了。每逢送客人上岸，马柱总要把快艇泊好，然后栓上缆绳，再然后，就是带着好朋友去他的鱼馆。他的家人早准备好了当年连乾隆皇帝都赞不绝口的全鱼宴。

这时，郭二民打来了电话，他说也要赶来吃全鱼宴，那是难得一品的美食呢！

马柱就把手机贴在耳朵上，对着白洋淀大笑，来吧，兄弟，我会让你醉在这里的！

听得出，马柱的笑，溢满了水乡人的快乐和幸福！

乐亭的春天

乐亭县著称于世，我想大概是因了两样事情。一是乐亭大鼓。它早在明代中期就形成了完整的唱腔体系，于清代渐入鼎盛时期。唱腔委婉清秀，优美动听，褒忠斥奸，情真意切。不仅成为河北省的主要地方曲种，而且在华北、东北地区都广有影响。另一这里是中国革命先驱李大钊的故乡。李大钊在这里诞生、成长，"束发受书"，度过了他幼年、少年的时光。是乐亭的淳朴民风和钟灵毓秀，滋养和培育了李大钊。

也因了这两样事情，乐亭成为我多年神往的地方。所以，今年春天，当红色旅游大行其道的时候，我来到了这里。

第一个要去的地方当然是李大钊纪念馆了。它坐落于乐亭县新城区，占地100亩，建筑面积4680平方米。其布局：沿中轴线由南向北是：牌楼式南大门，上面镶嵌江泽民题写的馆名；八根功绩柱，象征大钊同志的八大功绩；八块浮雕，展示大钊同志主要革命实践活动足迹；三十八级台阶，寓意大钊同志走过的三十八年历程；序厅两侧墙镶工农革命运动浮雕；瞻仰厅正面设大钊同志汉白玉坐式雕像，雕像后衬邓小平的题词，两侧是几代党和国家领导人的题词；东西展厅，全面系统地展示大钊同志的生平业绩。整个建筑融民族特色与现代格调为一体，并与园林绿化相结合，朴素、简明、大方，体现了大钊同志的精神风范。

李大钊是一个凡人。这里有故居大黑坨村存活了600年的大槐树为证。他小名憨头，虽然家境富裕，但一生下来就没见过父亲的面，母亲在他长到一周多的时候也病故了。是他的祖父含辛茹苦将他抚养成人。憨头曾在大槐树下嬉戏玩耍，读书识字。在开明的爷爷和私塾老师的严教下，他懂事早，成熟早，立下了"矢志努力于民族解放之事业"的宏愿。

李大钊是一个伟人。这里有反动军阀张作霖的绞刑架为证。他以"铁肩担道义，妙手著文章"的气魄，投身伟大的事业。传播马列主义，领导五四新文化运动，参与创建中国共产党，名重当世，彪炳千秋。被反动军阀逮捕后，宁死不降，就是断头流血，也要保持民族气节。临刑前，他第一个走上了绞刑架，受绞三次，被敌人折腾了28分钟才英勇就义。

李大钊是一个完人。他生活朴实节俭。"黄卷青灯，茹苦食淡，冬一絮衣，夏一布衫。为庶民求解放，一生辛苦艰难。"他品质崇高巍峨。11岁娶农村少女赵纫兰为妻，不离不弃，始终如一。一生只此一妻，感情绝无旁逸斜出，实是家庭婚姻之楷模。

这样理解体会着李大钊，我来到了瞻仰大厅里面李大钊的雕像前，看到了一个旅游团正组织团员们进行宣誓重温入党誓词活动。便想：现在是该到了重温入党誓词的时候了，因为有的人已经忘记了自己共产党员的身份和职责，更忘记了李大钊们流血牺牲为之奋斗的共产主义是让全社会的人们都过上一种平等自主共同幸福的生活，而不是让一部分人利用手中的权力谋己之私，满足自己的贪欲的。如果那样，烈士地下的英魂也会寒心流泪的。所以，重要的不是形式，而应实实在在地从思想上从行动上追随英烈们作为凡人的志向，作为伟人的风格，作为完人的品质。诚如是，则还有什么贪欲不能祛除的呢？

出了纪念馆，来到了纪念馆南侧的青春广场。据说，该广场是中国县级最大的广场，是乐亭城市建设的经典之作，工程总投资2600万元，占地116亩。广场规划设计，充分考虑了当地历史文化和现代思想内涵，具有较高的水准和品味。其名称源于李大钊的《青春》一文。"以青春之我，创建青春之家庭，青春之国家，青春之人类，青春之地球，青春之宇宙"，"试看将来的中国，必是赤旗的世界"！这是青春的李大钊用澎湃的激情和滚烫的热血发出的青春的呐喊，这是青年的李大钊构想的绚烂多姿的社会理想和美好未来，这是革命者的李大钊东奔西走抛妻别子为之浴血奋斗的共产主义宏伟蓝图！

我痴痴地默念着李大钊80多年前的青春美文。广场上传来了鼓板和三弦的响声，一阵悠扬激昂的乐亭大鼓吸引了人们的耳朵。那是新时代的乐亭大鼓，曲名叫《乐亭大鼓唱新春》。唱的是乐亭这些年的新变化。经济发展了，税收增加了，生活富裕了，最重要的是李大钊烈士曾经想在乐亭海面上建立一个通向世界的北方大港——京唐港的愿望已经实现了。

在乐亭，在春天，我知道，乐亭大鼓已不是昔日的乐亭大鼓，乐亭也已不是李大钊时代的乐亭。乐亭已经成为中华民族改革开放强国富民奋斗历程的一个缩影。乐亭大鼓也已经被乐亭人民赋予了新的内容，新的形式。这新的内容和新的形式，正在展现着乐亭乃至中国崭新的魅力和青春的风采！

太阳底下最幸福的人

——怀念母亲

母亲坟上的青草荣了又枯，枯了又荣。掰指细数每个悲痛的日子，不觉间，母亲离开我们快两年了。

两年来，我始终不敢打开记忆之闸，不敢让回忆在我的脑海里形成汪洋之势，甚至不敢写一些回忆母亲的只文片字。我怕控制不住自己的感情。多少次我看到别人依偎着母亲，搀扶着母亲，或者呼唤着母亲，歌唱着母亲，抑或提到母亲二字，我就悲从中来，泪水便会淹没我不再年轻的眼睛。

由此，我和母亲感情之深可见一斑。我们姐弟6个，只有我是男孩。千顷地，一棵苗，母亲娇我，宠我，疼我，惯我。早些年日子贫寒，母亲把细粮和最好的食物全都留给我。不管是老的父亲，大的姐姐，还是小的妹妹一概都吃粗粮。长到七、八岁的时候，母亲还把我搂在怀里一边哄婴儿般唱着"天上布满星，月牙亮晶晶——"，一边嗡嗡地摇着破旧的纺车。一灯如豆，纺线长长，宛若庄户人漫长艰苦的岁月。

母亲有气管炎。那是生我那年落下的病症。那年秋天的一个中午，母亲忙完生产队的活计，又背筐到河堤打草，好卖个钱贴补生计。母亲干活是快手，在生产队干活，割麦锄地在女劳力里总是第一名，连一些男劳力也不是对手。母亲很快就打满一筐草，起身去背时，也许由于筐太沉，也许由于饥饿没力气，一下子没背起来，还抢倒在地。据赤脚医生说，母亲缓过劲来的时候，嘴里咳出了一口鲜血……

有气管炎的母亲从不知道爱惜自己。在生产队里仍然挑重活脏活累活干。家里女孩多，劳力少，母亲是想多挣点工分，好在麦收秋后多分点口粮啊！后来农村实行联产承包责任制了，母亲更是匍匐在自己的土地上，与同样热爱土地的父亲一起坚强地在十几亩地里耕耘劳作着。别人家有农用拖车，我家没有。耕耧锄耙，运肥收割，我们就用小驴车。小驴累了，母亲就抢过绳套当驴使。常常是别人的庄稼还没收上来，我们的下一茬庄稼苗早就破土而出了。只有这时，母亲才肯歇一口气儿。

靠着父母的勤劳，我们小兄妹三个花费着母亲的心血上了学，后来又在城里找了工作。三个姐姐也出了嫁。孩子们鸟儿一样地从父母的巢里长大出飞了，只留下孤寂的筑巢人和一座空巢。最不能容忍的是，我不仅自己飞走了，还把妻子儿女都带走了。进城的那一夜。母亲的咳嗽声好像比以前激烈了许多也响亮了许多。早上，我想打退堂鼓，可母亲却坚定地把手一挥说，还啰嗦什么？俺和你爹不就是盼你们有出息吗？你们进城，是爹娘的脸面呢！说着，一把抱起她一手带大的5岁的孙女，头也不回地向车站走去。

母亲坚硬的外表下其实有一颗柔软的心。她敢作敢为，豪爽慷慨，对强者敢于碰硬，对弱者又极尽女人的温婉寄予了无限的同情。石头嫂愚笨懒散，不会女工，母亲常常替她一家缝缝补补，还把我们穿剩的衣服救济了他们一家。傻彩是个有爹没妈的半痴呆的姑娘，缺少母爱，一年365天涎水沤得下巴通红。母亲总是把她领到家米，不仅从我们的手上夺下饭菜让她吃，还给她做了几个水巾套在脖颈上，以干燥她的下巴。母亲还是个热心的媒人，她不知成全了多少对因年龄大条件差寻不到媳妇的老小伙，使得我们村的光棍儿比例连年下降……

父母眷恋乡土，生就的土命。我多少次劝说他们跟我进城来住。可他们死活不来。年近古稀还在责任田里自食其力。母亲就是在簸豆子的时候，由于过度用力，突发脑溢血的。

后来就是4年的轮椅生涯。我们用了能够开到的药，跑了能够跑到的医院。最终也没能使母亲站立起来。眼见着母亲日渐衰老，如老树在一点点退去她生命的绿色；如蜡烛枯竭了脂膏，一点一点地黯淡了她的光芒。我们回天无力，只能痛感生命的无奈和命运的不可逆转。

母亲终于在2004年7月9日驾鹤西去。可我，这个她爱了一生疼了一生宠了一生惯了一生的儿子，在她临终前，却还在工作岗位上，等我得到她病危的消息开车从城里往回返的时候，竟然赶上了堵车。绕了两个多小时赶到乡下时，母亲已经停止了输氧，身体正在变凉。父亲说，你娘刚刚还在呼唤着你的小名呢！孩子。

娘，我的亲娘啊！我抱住母亲嚎啕一声，哭昏过去。这是天空一道闪电，大雨倾盆而下。

母亲真的是驾鹤西去的。大雨下了三天，等到母亲出殡那天午后，天就突然放晴了。后来人们的传说是，一群似鹤似雁的鸟儿飞落到我家的上空，把一堆堆乌云驮走了，好让母亲清清爽爽上路。鸟儿飞去的方向是西北方向，正是墓地的方向。我想：鸟儿驮走的，不仅仅是乌云和暴雨，还有我母亲的灵魂啊！

清明时节。我跪在母亲的坟前焚烧完纸钱，又为母亲点燃了三棵香烟。在阳光里，在冥冥之中，我仿佛又扑进了母亲温暖的怀抱！

有人说，母亲是儿子心中的太阳。尽管我的母亲不是伟人，也不是名人，她只是亿万母亲中最普通的一个。她不会名垂千古，也不会流芳百世，而且她的骨灰很快就会融入大地化为泥土。但她是我永恒的太阳，她的光芒永远辉映着儿子的一生。而作为她的儿子，我就是太阳底下最幸福的那个人！

荷香永远

　　夏天是个不幸的季节。

　　14年前的夏天，荷花淀派文学主将韩映山老师不幸辞世。2002年夏天，荷花淀派创立者——一代文学宗师孙犁(1913.4.6—2002.7.11)也离我们而去了。记得友人拨通我的手机把这一不幸消息告诉我时，我正急匆匆地行走在夏季毒辣辣的阳光里，一时汗水和泪水便顺着我的脸颊无声地流淌下来，手中刚为卧病在床的母亲抓的中药也怦然坠地。

　　夏天是个希望的季节。

　　很久以前的一个夏天，我怀揣着收有《荷花淀》的中学课本怀揣着对文学的希望逃离课堂，骑着自行车随几个文学之友来到了白洋淀。我们翻过千里堤，坐上小木船，在桨声和芦苇的飒飒作响里登上采蒲台，来到了荷花淀。在荷花淀里，我打开课本，按"字"索骥，想象着水生女人惊慌地与鬼子遭遇的情景，想象着荷花淀里雁翎队打伏击的情景，就随手摘下一片硕大的荷叶覆了头，又掐下一枝荷花到鼻下狠命地闻，那香，又岂止是荷香？分明还有文字之香和文学之味！就是这时，我体会到了孙老《荷花淀》经久不衰的魅力，荷花淀派文学的种子深深地埋在了我的心中。

　　还是一年的夏天，我在白洋淀畔捧着《孙犁文集》，伴着阵阵荷香，蹒跚学步，写下了包括《习水》、《水灵》、《焚船》、《绝游》在内的《风景白洋淀》系列小说。在报刊发表后，有的被选载，有的还获了奖，产生了一些反响，得到了一些评论家的注意，被人称作"新荷花淀派"小说。于是我便不自量力，想结集出版小说集《八月情绪》，并跑到保定，拜访了韩映山老师，请他做序。同时我冒着胆子请求韩老师带我去见孙老，韩老师爽快地答应道："孙老现在身体欠佳，等他身体好些了我们一起去，我也有好长时间没见到他了。"我就等待着，等待着韩老师带我去天津。然而不久，却等来了韩老师辞世的消息，悲伤之余，我不禁扼腕叹息。韩老师走了，见不到孙老，我只得把自己的小说集《八月情绪》寄给了孙老。

夏天是个多情的季节。

夏天是我创作的旺季。每到夏天，每当我看到白洋水，闻到荷花香，我就有一种抑制不住的创作冲动。我的描写白洋淀风土人情的小说几乎都写在夏季，几乎都是在孙犁作品的影响下写出来的。孙犁"大味必淡"的文品及"大道低回"的人品影响了一代又一代的作家。孙犁语言之醇美、境界之高远像一面迎风而不招展的旗帜，悬挂在文学殿堂上，悬挂在每一个作家的心上。

2006年4月，在中国作家协会和《小小说选刊》杂志社举办的一次会议上，我在北京见到了渴慕已久的从维熙老师。那时正逢我们那套《荷花淀作家文丛》刚刚出版。我把自己那本浸染着白洋淀荷香的小说集《行走在岸上的鱼》送给从老师。从老师知道我是白洋淀来的，就和我谈起了荷花淀派，谈起已经作古的韩映山老师和刘绍棠老师，当然也谈起了孙老。我和从老师在中国作协大楼前留了影，并祝荷花淀文学后继有人，祝敬爱的孙犁大师健康长寿！

然而，我们美好的祝愿没能留住大师。死神不但无情地夺去了韩映山老师、刘绍棠老师的生命，又残忍地带走了我们敬爱的大师，给我们中国的文学留下了一段空白。

但夏天的荷花有情。

孙犁先生因荷花而生，又随荷花而去，这也许正是上苍的安排。在孙犁先生仙逝的那年夏天，我只身一人来到白洋淀，采了一抱娇艳的荷花，放在我书房里，又把韩映山老师赠我的他与孙犁先生的合影置放在荷花丛中。我向两位老人深深一躬。我没有去天津悼念他老人家，我只能用自己特有的形式寄托我的哀思。望着荷花丛中消瘦的孙犁大师和温和的映山老师，我的眼前又一次迷蒙了。

孙老，您在一个多情的夏季默默地走了，您走了，白洋淀从此不会再有您的身影，但我相信：只要世界上有荷花的存在，就有您的存在；您是荷花的魂灵，您的文品和人品永远散发着荷花一样的幽香！

水流荷开花愈红
——我与荷花淀派作家们

又是夏天，白洋淀荷花开得正红正艳。撑船在白洋淀里，穿行在荷花丛中，我想起了"荷花淀派"，想起了孙犁、韩映山、刘绍棠、从维熙这些曾经像荷花一样鲜艳的名字，就想起了和他们生活上的和精神上的交往……

我的出生地离白洋淀不远，碰巧又爱好文学。很早便与"荷花淀派"文学结缘。从课堂上学习孙犁先生的《荷花淀》开始，就喜欢上了这位语言的大师，小说的大师。我痴迷地读着孙犁，读他的《白洋淀纪事》，读他的《村歌》、《铁木前传》、《风云初记》，也读他的《芸斋小说》……之后我就一次一次地去白洋淀。有水的时候划船，没水的时候，我就行走在干裂的大淀里寻觅着先生的足迹。在采蒲台，在王家寨，在端村，在安新县城，在荷花大观园孙犁纪念馆，常有我驻足凝思的身影。我追踪着一个老人的脚步，我融进了一个大师一个流派的河流，我解读着一个前辈一个智者"大道低回"的崇高境界。于是，我也有了白洋淀系列小说、散文的问世：《习水》、《水灵》、《水韵》、《行走在岸上的鱼》、《诠释白洋淀》、《冰床上的风景》、《淀边人家的幸福生活》……构成了我作品的一个重要组成。作品的语言、蕴含的诗情、选材的角度，师承"荷派"笔法，深受先生影响，体现了一个作者至善至美、至真至纯的美学追求。我的第一本小说集

《八月情绪》被评论界称为"新荷花淀派小说"。我很惶恐，也很自豪。我为自己作品的稚嫩而惶恐，也为自己的作品与先生有了联系而自豪。

但我到底没见先生一面。2002年夏天，先生驾鹤西去，整个文坛都悲痛失声。我却因母亲病重在床而未能前去吊唁先生。我流泪写了一篇悼念文章《荷香永远》，发表在几家报刊上。其实我的悼念不仅仅在文章里，还表现在了行动上。当我把自己的小说集《行走在岸上的鱼》、《八月情绪》等摆放在孙犁纪念馆"荷花淀派"作家作品的后面时，我是充满了对先生的怀念的；当我以沉重心情写出了《鱼非鱼》、《千万别当小说读》表达对白洋淀命运的担忧时，我是充满了对先生的怀念的；当我用《淀边人家的幸福生活》赞美采蒲台、小鱼岛渔民的时候，我是充满了对先生的怀念的。小鱼岛主郭二民把我的文章贴在白洋淀过往的船只上并把我和他的合影放大装在镜框里挂在他的岛上时，我对他说："你应该把孙犁先生的照片放在岛上，他是你们采蒲台的骄傲！"我想，我这也是充满了对先生的怀念的。孙犁这名字与中国文坛分不开，与白洋淀分不开，与采蒲台分不开。他已经融入了他写过我写过的这方水土之中了。这是他的桑梓之地，也是他的安魂之所。

与这方水土分不开的另一位作家是韩映山。他是荷派文学的主将，也是最能领悟荷派精神并能发扬光大的一位作家。他矢志不移地捍卫着荷派艺术创作。他的小说集《紫苇集》、《红菱集》、《香溪集》……是他捍卫此派艺术的成果。我佩服韩老师这种坚韧不拔的精神，曾经到他的工作和生活的保定拜访过他三次。在保定市工人新村42号楼他的住所里，一老一少两个荷派继承者聊得非常投机。韩老师曾为我的小说集《八月情绪》作序。他说我这本集子里的小说，"活像我三十年前写的短篇，向读者展示了真善美，并且营造了一种新的时代氛围，充满了浓郁的时代生活气息"。他还说："读了蔡楠的作品，我十分欣喜地感到，荷派小说是后继有人的，是大有希望的。"

然而，就是这样一位对荷派写作痴心不改的作家，却也靠自费来出版自己的长篇小说《明镜塘》，出版后又要自己去推销。然而，就是这样一位慈善温和的老人，却在1998年6月过早地离开了我们，离开了他热爱的荷花淀，离开了他热爱的文学事业。我在一篇悼念文章里写道：韩老师，白洋淀的荷花开了，可你却走了，你还会看到那满淀娇艳的荷花吗？

如果说韩映山老师的辞世，使我失去了一位好老师，那么刘绍棠老师的辞世更使我终生遗憾。

刘绍棠老师的作品对我影响很早。甚至可以追溯到我的第一篇像样的小说《一条连衫裙》。那篇小说发表在1980年的《任丘文艺》上。老实说，我不喜欢他早期的《大青骡子》、《青枝绿叶》等。我更喜欢他后来的《蒲柳人家》、《峨眉》、《瓜棚柳巷》以及长篇小说《地火》、《春草》、《狼烟》。那真是纯而又纯的荷花淀派小说啊！田园风光的生动描写，曲折优美的传奇故事，骈散相间的语言特色，令刚刚走上文坛的我迷恋不已。他作品的许多篇章的精彩段落我都能背下来。那时候，我只要发现哪本杂志登有刘绍棠的文章，我都毫不犹豫地买下来，然后细细地品读。那真是一场语言的盛宴，那真是一种美好的享受。可惜，刘老师52岁就中风偏瘫，影响了他的创作。在渡过了十多年的轮椅生涯之后，他便溘然长逝。荷花淀派文学又失去一员大将。

我不单单喜欢刘老师的作品，还喜欢他的"傲气"和意志。他是"坐在轮椅上也要做有脊梁的人"的人。我以为这也是荷花淀派的一种崇高精神。

现在该说到另一位重要人物了。他就是著名作家从维熙先生。在"荷花淀派"作家中，他是走得最远的一个。我认为，他的远，不是摆脱了荷派的羁绊，而是在荷派精神的指引下，在自己独有的领域内，发扬光大了荷派艺术，使这一流派有了更加深邃广阔的天空。上世纪80年代，他的《大墙下的红玉兰》振聋发聩，其影响远远超过了他的前期作品。其后的《第十个弹孔》、《杜鹃声声》、《雪落黄河静无声》、《北国草》等，奠定了他在新时期"伤痕文学"、"反思文学"的重要地位。文风的变化，大江东去的风格，其实仍然没有摆脱孙犁先生对他的影响。这属于一种更加宽泛意义上的"荷花淀派"。

2002年，在中国作家协会当代小小说庆典暨理论研讨会上，我获得了中国小小说风云人物榜——小小说星座奖。颁奖会上，我见到了精神矍铄的从维熙老师。从老师听说我是白洋淀边来的，十分高兴。我们有过一段长时间的谈话。我们谈起荷花淀派，谈起犁老，谈起韩映山老师和刘绍棠老师，谈起荷派艺术的发展之路。我说，在白洋淀边，活跃着一批年轻的作者，他们以自己的写作方式体验着生活，思考着生活。最近出版了一套"荷花淀作家文丛"就是他们继承和发展荷派艺术的明证。从老师颔首微笑说，好好好，可要把书寄给我一套啊！

我们的谈话一直持续到了宴会上。在人头攒动的中国作协宴会大厅，我和从维熙老师举起了酒杯。我说，欢迎从老师到白洋淀走走！从老师说好，祝荷花淀派后继有人，愿你们写出新作品！

后来我真的写了。写了《1963年的水》，写了《生死回眸》，写了《叙事光盘》，写了《关于年乡长之死的三种叙述》、《车祸或者车祸》……但这已经不再是原来意义上的荷派小说，它们更多的是用现代笔法表现当下生活，体现了"小说文体在形式与结构上的探索和突围，在作品内容上所凸现出来的强烈社会责任感——对人类生存环境及人与大自然和谐相处的忧患和思考(杨晓敏语)。

但我认为，这些作品，仍然属于"荷花淀派"的范畴。因为任何流派、任何艺术都是不断发展变化、不断创新开拓的。就像这白洋淀的荷花，在新的土壤、新的水分、新的环境下，会开出姹紫嫣红、新颖别致的鲜艳来的。

淀水长流，荷开永恒。那是白洋淀愈开愈红、愈开愈艳的风景！

男儿好酒著文章

自古圣贤皆寂寞，唯有饮者留其名。我非圣贤，但常寂寞。因为天生有一颗敏感之心，对人，对事，对物，对世事变迁，对风云变幻，对月缺月圆，对云卷云舒，常常是情动于中而不愿向人抒发，只是自己独对孤灯和文字，寂寞而思，思到深处，甚至潸然泪下。我是饮者，但不善饮，更不想留名。因为常常寂寞，潸然泪下之后，便总想喝点小酒，但每每喝高，然后引吭高歌，唱一曲大江东去，把一切喜怒哀乐均付笑谈之中，才不管什么功名利禄、奖金薪酬、竞聘上岗、考评打钩等等劳什子呢！

但喝酒我是很挑剔的。我曾经在一个酒场儿上戏言，对于白酒我是三喝三不喝。其中就有一条，不是茅台酒不喝。其实这并不是说多有条件，多讲排场，多腐败，委实是想拿这个条件搪塞别人的劝酒。谁不知道喝多了难受啊！但那一天，我就真喝多了，操持酒场儿的朋友还真没被我难倒。他把已经准备好的酒撤掉，一下就搬来了一箱子茅台。打开，倒上，满满的一茶杯。你喝不喝？这时候话也说了，酒也换了，再不喝还不是装孙子？但是，且慢，如果说别的酒，该装孙子还得装孙子。茅台酒，你想装也装不成。你看那酒，晶莹透明，幽雅细腻；你闻那酒，芳香突出，沁人心脾；你喝那酒，柔绵醇厚，荡气回肠……

还有什么可说的，喝吧，醉吧。好酒就是用来醉的，就是用来醉好男儿的。那一次，我喝醉了。我在茅台的甘冽里浸浴着，但头脑依然清晰，依然能把自己的车子骑到自家的车库……

但我算不上一个十足的好男人。我曾经给领导送过茅台。那是一个爱喝酒的领导。平时说起工作一本正经，讲起话来严肃认真。可一旦说起酒来，那就眉飞色舞，荤的素的一起上来了。我给领导当办公室主任，给领导写综合材料和工作讲话，给领导牵马拽蹬，给领导冲锋陷阵，这些都难不住我。我最怕跟领导出去喝酒。人家那肚子，宽的能装下一个世界；人家那酒量，大的能喝下一个东海；人家那劝酒的语言，简直就是仙人指路，没有一句是重复的，常喝常新，妙语连珠。

我憷头，我胆怯，我望尘莫及，我甘拜下风。可这也不行，领导越在大的场合，越要让我替他喝酒。一次上级来人，领导又要故伎重演，把一杯酒倒上，让我一气喝干，我只喝了一口。领导就把我的杯子拿过来，一饮而尽说，你也就是会写个文章，当办公室主任不合格！说完这话，我发现领导的胖脸肿成了大茄子。

年终调整工作岗位，我怕领导把我调到基层，就买了两瓶茅台给他送去。我按了领导别墅的门铃，好久保姆才来开门。开门之后没让我进客厅，而是把我让到了偏房。过了一会儿，有客人从客厅出来，走了，我才进了客厅。我把两瓶茅台放在领导面前的茶几上，吭吭哧哧地说，那次喝酒是我不对，我向你道歉。我给你弄了两瓶茅台，600多一瓶呢！什么时候想喝，我还给你买！

领导把茅台从茶几上拿下来，哈哈地笑了，你还记着那事，我早忘了，再说我不喝茅台，哦，我什么酒也不喝了！一会儿你把酒带回去！

领导让保姆给我倒了一杯冷茶。我端起杯子正想喝。又有人敲门。领导看了保姆一眼，保姆看了我一眼。我又来到了偏房。来人我认识，是我们单位一个很有权力很热门的部门负责人。可我看见他什么也没带，空手来的。我听见他进门就和领导大声说笑，互相寒暄，扯东道西。扯了几分钟，急忙告辞撤退，说还有急事，改日再来看望领导。领导送出门来，来人把领导拦住，很快就消失在黑夜里。

我又回到了客厅，重新端起那杯冷茶。我说，领导，你看年终工作……

领导打了个哈欠说，我有些累了，你和保姆说会儿话吧！说完领导进里屋了。

我再傻也知道该告辞了。可我想不通。出得门来，我问保姆，那个部门负责人什么也不带，领导还和他那么亲热，我起码带来了两瓶茅台，凭什么就这样冷淡我？保姆拍拍我的肩膀，小声说，人家现在送礼谁还送东西？鼓鼓囊囊怪显眼的，人家现在是直接送钱，不显山不显水，小伙子，就你诚实，诚实就是傻你知不知道？

我傻吗？我才不傻呢！我听了保姆的话，把迈出门的脚又收了回来。我把那两瓶茅台又拎在手里，然后大步流星走了出来。

第二天，正好我的一篇文章发表。我的责任编辑带着几个报社的朋友来给我送样报，说是要搓我一顿。我一高兴，把两瓶茅台拿到饭店里喝了。

喝到酒酣，我大声说，这茅台是好酒，国酒啊，国酒就得国人喝，你们说对不对？不配称国人的，是不配喝这国酒的！

从那时开始，我炒了单位的鱿鱼。从那时开始，我喝酒就养成了很挑剔的毛病：非国酒不喝！好酒喝过，我就开始妙手著文章。我过上了自由写作者的生活。

最后一个夏天

【祖父】

每到夏天，古洋河水哗哗流淌，我就会在沉睡中醒来。确切说，是我的灵魂醒来。活在世上的人们，你们相信灵魂的存在吗？你们当然不相信，可我相信。因为我的灵魂是为我的土地而生的，只要我的土地存在，我的灵魂就不死。何况，还有伴我这么多年的古洋河呢！那是一条生命的河不死的河呢！我多想像那条河一样永远流淌，没有停息。然而，我却在地下躺了30多年了。由此看来，人是不如河的。

可我又不甘心不如河。我就是在与河水的搏斗中救起婉儿并得到婉儿和婉儿她爹陪嫁的二十亩土地的。那是1936年夏天的一个中午，我们三个雇工正在婉儿她爹夏继秋的指挥下耪豆子。骄阳似火，我们猫腰撅腚，挥汗如雨。夏继秋是个有着几百亩土地的地主。地主这称呼是在土改时平分夏继秋的田地时，土改队给他戴的帽子。我给夏继秋耪豆子的时候还不知道他就是个剥削我们的地主。那时我只知道夏继秋几代很节俭会过日子，置买了这么一大片土地真了不起。夏继秋对我们雇工很和蔼，他吃什么就给我们吃什么。农忙时候，他们全家也来地里干活，他的女儿婉儿和一个女雇工就承担了中午送饭的任务。

那天中午，当婉儿袅袅的身影出现在古洋河窄窄的木桥上时，我第一个发现了她。我停止锄地，视线笼罩了婉儿。那时的婉儿在我的眼里无疑是一个仙女。婉儿读过私塾念过唐诗，知道锄禾日当午汗滴禾下土，所以对她家的雇工一直很友好。有她送饭，我们吃得多，也干得多，活计还特别卖力。

夏继秋就让婉儿天天跟着送饭。

大水就在那天中午到来。当婉儿和女雇工走到桥中间时，年久失修的小木桥被突然而至的大水冲垮，两个女人惊叫一声失足落水。夏继秋和雇工们还不知道怎么回事，我已扔下锄头，甩掉汗衫冲到河边跳进了水里。这时，婉儿已被水流冲出十几米远。我看见婉儿那条大辫子在水中上下飘浮，就一阵猛游。近了，一把拽住那辫子，然后托住她的屁股使她浮出水面。水势汹涌，我喝了好几口脏水。逆水而行，我就顺着水势往岸边游，终于抓住了岸边的一棵柳树，我将婉儿推到了岸上。婉儿已经昏迷，她的裤褂已被水的魔爪抓走，只剩下一个窄窄的裤衩，肚子灌得像个蛤蟆。我顾不得看婉儿的裸胸，将她背上肩，一阵猛颠，呛水淋漓而出。好一会儿，婉儿才哇哇地大哭起来。

由于我与婉儿有肌肤之亲，加上我对她有救命之恩，夏继秋将婉儿许配给了我，还陪嫁给了婉儿二十亩地。噢，就是现在还埋着我和婉儿的这块地。娶婉儿为妻，是我一生中最大的福气。以后的岁月里，我们男耕女织，夫唱妇随，婉儿和我一心一意过日子，为我生儿育女，操持家务，我们总算渡过了战乱时期，迎来了土地改革。

土地改革是婉儿她爹夏继秋一生中的最后难关。勤劳节俭的大户人家夏继秋没能渡过这个难关。他的几百亩地被政府没收分给穷人不算，他还被划成地主成分，经常被批斗。我在土改工作队的动员下，也曾在批斗会上上台控诉他剥削压迫我并用女儿拉拢腐蚀我的罪行。我们彻底与婉儿的地主家庭划清了界限。经受不住如此打击的夏继秋在1947年冬日悬梁自尽。

只有这件事，我田埂对不起夏继秋，也对不起婉儿。然而，不这样我和婉儿也会受牵连的。我保住了婉儿，保住了那二十亩地。地是什么？是咱庄稼人的底，是咱庄稼的的根呀！

这是我在临死前对我儿田家久说得一句话。可以说这是我种地一生的经验总结。我尝到过土地的甜头，也吃过失去土地的苦头。当我和婉儿在吃食堂病饿交加时，更觉得土地和合理耕种土地的重要。然而想法归想法，经验归经验，我们农民是不能左右局势的，人只勤劳节俭是没有用的，还必须有好的政策，好的时代。我的理解对吗？

按说，我应该老老实实安息了，可是我的饥饿的灵魂却永不安分。我常常在夜晚出来游荡。我去过古洋河桥，这里原先就是婉儿失足落水的地方，我想起婉儿的大辫子和被洪水冲走裤褂的身体就冲动不已。我还去过夏继秋的坟墓，我的灵魂与夏继秋的灵魂还对过话。我请求他原谅，他说没什么原谅不原谅的，一切都过去了。我还经常在夏继秋给我的这二十亩地里环绕而行，我看到了这块土地上发生的一切，包括儿子田家久和孙子田禾的所有的故事。每一代都不会重复上一代，每一代都有自己的故事。我知道田禾也有儿子了，田禾的儿子也注定不会重复田禾的故事的。

五月单五那天早上，我儿田家久向我哭诉。我发了怒，是为他的老脑筋发怒。我用烟锅指着他，是说世事变化任他去吧。我指着天和地是说，天地明了一切，地不可欺，天不可违，是对的终归是对的，是错的天地终要纠正！

只是我不想再被孙子田禾就要建起的高楼埋在下面了。我要和婉儿走出这块土地，与夏继秋一起葬在河坡上。我要枕着古洋河的流水声睡去，安宁地睡去，包括身体和灵魂，永不再游荡。儿孙啊，晚上我就托梦给你们，你们可要等着我呀！

我想，这是我在这块土地上渡过的最后一个夏天了。

【父亲】

夏天是个难熬的季节。我们所有的故事都与夏天有关。这有古洋河水作证。然而，我们又是这样渴望夏天，迷恋夏天，尽管她给人们带来那么多苦难和不幸。我曾想：要是没有夏天这个世界会怎样呢？

我想不出，但我知道我还是离不开这炎热的夏天。我已习惯了她的曝晒、灼烤和给予。因为夏天，我才可以在土地上耕作，才有这样健壮的身子骨。要说我一生中离不开什么东西，那就是夏天和土地。

我的儿子田禾却走了一条与我相反的路。我是一步一步地靠近土地抓紧土地，而他呢？却是一步一步地远离土地，背弃土地。这不，他的建筑队马上就要开进古洋村，开进我那片责任田了。他说，爹，等夏天过后，我就把我设计出来的楼房和工厂矗立在咱家的土地上了。爹，这是好事情呀，我不干，别的建筑队也会干的！我不能让别人在咱家的土地上赚钱，要赚应该是我赚！

看着这小子那得意洋洋的样子，我真想抽他个大嘴巴。可这小子说得对，我老了，就是不盖楼，这地我田家久还能守几年呢？

其实关于在桥北盖楼的事我早就听说了。古洋村这几年工业发展挺快，是全县远近闻名的小康村，一座座小楼早就挤破了村子，由里向外延伸便是理所当然的事了。当村长把要占我家的地盖楼的事告诉我时，我正拿着耧把耩棒子。禾他娘拉着小驴正给我傍耧。村长说，大叔别种了，种了也收不了，这块地县里批准，要盖大楼呢！你要是还愿种地，就在远处再承包一块吧！我当时没停止耩地，我把棒子种儿又全都种在了地里，收不了也要把种子种到地里。要盖楼你们就盖吧，就让我的棒子苗在你们的楼下生长吧！唉，我叹了口气。现在的人经商都经疯了，连祖上的田地都不要了，你还指望他们什么？他们就知道办厂子跑业务想着法子赚钱，却不知道爱惜土地。将来没粮食吃饿死你们就不盖楼了！

阴历五月单五那天早上，我来到了地里。我的棒子苗有一乍高了，绿油油的叫人喜爱的不行。我踏着露珠，小心翼翼地来到地中间，从怀里掏出一卷纸钱，点着，然后冲北磕了三个响头。

我在给我爹磕头。他老人家埋在自己的地里已经二十多年了。爹呀，我向老人哭诉着，你死后连个坟头都不让留，为的是让儿孙们多种一分田。爹呀，儿对不住你，儿没看住你留下的家业。火苗飞蹿，纸钱飞舞，我恍惚看到了爹驼着背手拿着烟袋在火苗上飞舞，爹浮肿的脸上布满怒容。他一句话也不说，只是用烟袋锅指点着我指点着天和地。我读不懂爹的意思，我们毕竟相隔两个世界，我与禾儿同在一个世界尚且互不了解，何况我与爹相隔两个世界呢？其实爹在世时，对于土地的态度，我又何尝与他一致过呢？

记得农业互助合作化的时候，从互助组、初级社到高级社，爹都是落后分子。他顽固地拒绝村干部的劝说，坚决不入社。他说我一没偷二没抢，靠自己的勤劳和双手置买了几十亩地和车马农具，我凭什么非拿给别人用？我自己单干。爹的言行曾让我一度感到羞耻，那时我已是一个青年团员了。我在一天早上，对了，就是那年五月单五的早上，我趁爹娘下地干活，将一挂马车三个骡子马赶到了社里，还大喊着，我要入社，我要入社——

该来的一切都要来。爹阻挡不住人民公社的步伐，就像我的地主姥爷阻挡不住土地改革的步伐一样。爹在一腔悲怆中终于成了人民公社的一员。其后便是"大跃进"，便是大炼钢铁、大办公共食堂，便是低指标瓜菜代。由于饥饿严重，我爹得了浮肿，我娘得了妇女病。接着便是三年自然灾害，我的爹娘双双去世。爹临死的时候拉着我的手断断续续地说，儿啊，要是听我的，咱不入社自己单干，不至于呀，不至于呀！爹还用尽最后一丝力气说，听……听爹的话，将来有机会，还是留……留点地，没地就没底，就没……没根哪！

爹娘浮肿的身体和凹陷的眼睛令我终身难忘。我把父母双亲埋在自家的土地上。当时正赶上大搞平整土地，坟头都没让筑，但爹娘的坟永远筑在了我的心上。

我记住了爹的话，后来又在河坡上自己开垦了一亩荒地，种上了大叶烟。我爹就是种大叶烟的，所以我对种烟不陌生。参加集体劳动挣工分之余，我不再狂热地参加这学习那运动。口号不能当饭吃，运动也不能当粥喝。我一头扎进烟田里开始侍弄烟秧。在夏日阳光的灼烤下，我光着脊梁，像爹光着脊梁当雇工一样，给我的烟秧浇水、施肥、掐尖、打杈。我的烟叶长势很好，秋后一亩田竟收了300斤烟叶。那一年我已是六个孩子的父亲了，一家八口人靠队里分的粮食远不够吃，我不愿让妻儿重走我爹我娘的老路，我要自救。农闲的时候，我就去赶集卖烟，一斤烟两元钱，卖上几斤就籴回来半口袋棒子或高粱，让孩子们足足吃上几天饱饭，也让上初中的禾儿带上两个棒子面窝窝头。

然而这样的日子没持续多久，我就犯事了。一次在集上，我被戴着红袖章的纠察队抓了，他们把我关了两天，然后在全乡万人大会上把我当作"资本主义典型"批判，两把大叶烟挂在我的脖子上，我看到了人群里妻儿惊恐的眼睛。批斗会后，纠察队员在村干部的带动下，冲进我们家的资本主义土围子，将资本主义尾巴——大叶烟全部搜出，一把火全烧了。

日子在贫穷中挨过。我重新得到我爹的那二十亩地是在农村联产承包责任制之后。我又开始在那块地上耕耘了，这回不叫自留地，叫责任田了。我这一辈子没有大能耐，就是靠种地养家糊口。积几十年的种地经验，我能将地种出一朵花。每到秋天你来看吧，我的地里不仅有棒子、高粱、大豆这样的主体作物，还有芝麻、山药、棉花等经济作物。我还拿出一亩地种了我拿手的旱烟。五花八门都种，便什么都有吃的，省得让孩子们眼馋。最得意的是冬闲时，我骑上大水管车子，带上几把烟叶，到集市上找个摊位一蹲，与集友、烟君子们打打哈哈取取乐，让他们夸两句我的烟味真有劲，然后把烟拿走，才是大享受呢！这样的日子过得富足、快乐、迅速。不知不觉间，六个孩子都小鸟一样地飞走了，他(她)们离开了我这棵老树，去搭新的窝了。我为他们高兴，也感到了老年的孤独。让我最费心最自豪又最生气的禾儿在经历了那场打击后不几年又成了人前人后的人物，也算是祖上的造化。他几万几万地拿出钱来修公路、办教育、扶贫，也是积德行善呢！难怪古洋村有什么活动也要把禾儿请上台面去呢！这样想来，由他承揽工业区的建设，也就是情理之中的了。

然而，我还是不愿去城里。我没地可种了，我不用种地了，我可以享清福不劳动了，这就一定好吗？

我最后还是答应了禾儿，我们去！但村里的老屋不能卖，要留着。禾他娘说得对，在城里待烦了，待腻了，还要回乡下来呼吸呼吸新鲜空气，听听古洋河的流水声呢！那时，我们老两口也有个落脚之处，这就叫叶落归根吧！

但无论如何，这是我们在古洋村过得最后一个夏天了！

【儿子】

只要听到古洋河哗哗的流水声，我就知道夏天来临了。在我的感觉里，夏天很炎热。我的童年和少年所有的夏天都是在古洋河的浪花里渡过的，我和我的小伙伴们在古洋河里捉迷藏抓抓儿玩泥巴打水仗，常将河水搅得浑浊不堪。玩得尽兴了，乏累了，一群小光腚就一字排开，仰躺在堤坡上，将翘翘的小鸡直射天空。在毒热的阳光照耀下，大家一声不吭紧闭眼睛咬紧牙关，任凭灼烤，比赛耐力。我们听得见皮肤吱啦吱啦的声响，就像在火炉上灼烤一样。起晌了，大人们下地了。他们一边骂着我们"水鬼"、"泥鳅"，一边揪着我们的耳朵拍着我们的屁股。小光腚们知道该到上学时间了，便连泥带土地穿上裤衩，光着脚丫往学校跑。最可笑的是大舌头宝来坐在学校念了一段课文后引起了女同桌的惊叫，这才知道自己还光着屁股。

这种夏天的快乐和自由一直持续到我当兵离家。我当兵离家的时候，古洋村已经实行了联产承包责任制。爹和娘又承包了我们早先的二十亩自留地。据爹说最早那地就是我家的，是我奶奶的爹送给她的陪嫁。我奶奶的爹是个地主，是个不剥削人只知道苦巴苦掖死做的地主。那块地就在我们洗澡的古洋河北岸，过了古洋桥往右一拐就到了。我爷爷我爹嗜土地如命。关于我家土地的事，我爹给我讲了多少次我记不清了，在生产队里劳动时讲过，在家里土炕上讲过，在大队部门前看露天电影时讲过。我爹总是这样开头：现在是集体了，还吃不饱，要是桥北那块地还归咱家，我保证让你们一天三顿吃白面。爹讲这话时，眼里放着一种叫做光芒的东西。我就咂着舌头，打着饱嗝儿，想那一天三顿的白面，想着想着，一股混和着山药面和红高粱面味道的口水就从我的嘴里流了出来。但我却说，爹，我才不想种地呢，我要念书上学，然后到城里吃商品粮当工人。

那时，到城里吃商品粮当工人是我最大的愿望。我的邻居启明哥在县化肥厂当工人，一月45块钱，还不时带回来工厂发的劳保，连启明嫂的裤子都是日本尿素袋做成的。田里的风一吹，抖落抖落的，抖直了一村妇女的眼。而我最羡慕的是启明哥的儿子大舌头宝来。我们到镇上读初中时，都是中午自己带饽饽。开饭的时候，大舌头宝来总是拿出棒子面窝头狼吞虎咽，我却扛着红高粱饼子躲在墙旮旯里一点一点地偷偷往嘴里塞。我爹要是不种地也在城里吃商品粮当工人，我不也能吃上棒子面窝头吗？可我爹就喜欢种地，整天到生产队的地里干活，到麦收秋上分的粮食还不够吃。我们姐妹多，五个闺女就我一个小子。挣工分的少，吃闲饭的多。这时我就有一个愿望：将来要去城里当工人吃商品粮，也挣45块钱，也把劳保带回来，给娘和姐妹们每人做件让风一吹就抖落的裤子。

后来工人没当上，我却当兵了。我是在恢复高考制度的第二年当兵的，那时有人传说当兵好考军校。要不是想考军校吃商品粮，我爹娘才不会让我这独子去部队呢。那一年也是夏天，我家责任田里的棒子刚能煮着吃，我体检合格，换了新军装回来，我爹就牵着我在古洋河哗哗的流水声中走过古洋桥，走到我们刚承包的责任田里。爹钻进了郁郁苍苍的棒子地，像一条黑鱼钻进了古洋河里。劈劈啪啪，哗哗啦啦。我分不清是棒子秸响还是古洋河水响。不一会儿，爹提拉着一兜棒子走出来，交到我手上，又抓起一把土放到我新军装的口袋里，一字一顿地说，儿啊，到部队好好闹，混他个一官半职的，闹不上去还回来，有咱这地，就饿不着，听见没？我看着爹有些潮湿的眼，重重地点了点头。

我带着爹的煮棒子和泥土走了。我去了南方的一座海滨城市。三年以后，我如愿以偿地考上了一所建筑学院。考上学校的那一年我回家探亲，在爹娘的撺掇下，与村南的红茹订了婚。红茹就是那个因宝来光腚上学受到惊吓的女同桌，她中学毕业后，没考上学回村种地了。

现在想来，与红茹订婚是我一生中最大的失误。要不是她，我一定不会再回古洋村了，也一定不会再回我们那座城市了。人生往往是如此的变幻不定。上建筑学院的时候，我爱上了一个女同学，她的父亲是我们院长。如果不是红茹，我一定会同这位女同学结婚，一定会有一个美好的前程。然而，红茹以她特有的农村姑娘的勇敢和狡黠捍卫了自己。我想跟她退婚时，她闭口不应，甚至千里迢迢从冀中农村跑到我们学院哭闹。她对我们院长说，院长你可给我做主啊，我和田禾从小青梅竹马是同班同学是自由恋爱，早就在一起睡过了呢，田禾他是陈世美，你们不能包庇他呀！院长看着红茹三把鼻涕两行泪的样子，不禁勃然大怒。他将我的事汇报给了我的部队，我便被开除学籍和军籍回了乡。我的那位军校女同学也是三把鼻涕两行泪地找到她的院长父亲那里，给我开出了一张毕业证。自此，我们再没见面。

我回乡的消息在古洋村成了头号新闻。我被咀嚼在众乡邻的街谈巷议中，而红茹则成了一个具有传奇色彩的人物。人们说她上面有人，某某军区的一个司令给她撑腰做主。在等待处理我的一段日子里，她就住在司令家做保姆。人们还说，没有这位司令，红茹可能就真的成了苦命的秦香莲；没有这位司令，我就会在大都会里津津有味地当上了陈世美。在古洋村新闻机构面前，我缄默不言，我唯一感到对不起的是我的爹娘。我让他们经历了考上军校和被开回家的大喜大悲大起大落，而他们却对我一句责怪的话也没有。那一段时间，我常独自一人泡在夏天的古洋河里，回忆童年的欢乐时光。大舌头宝来他们没一个人来看我，我们之间的隔膜显而易见。我将我的身子掩藏在哗哗流淌的古洋河底，我想变成一条鱼儿永不浮出水面。我知道我这想法成不了现实时，我就在古洋河底留了泪。在河里泡够了，我就懒懒地走上古洋桥，拐到我们的责任田里。枕着田垅，凝望天空，我一点一点地梳理自己的思绪。

这时，红茹出现了，还夹着一个小小的包裹。红茹一改在我们学院那种泼妇式的哭闹，她的声音怯然而温柔，田禾我去了你家被你娘骂了出来，我在河边看到你的军装，有人说你来了桥北，我就找到这儿了。我没吱声。红茹蹲在我的身旁，接着说，我没想到会是这样，我只是听了别人的话才去闹的，我只是想给你当媳妇，一闹你就会回心转意的，没想到会是这样。我还没吱声。红茹的眼泪大颗大颗地滴下来，她将包裹扔在地上，开始一件一件地脱衣服。红茹说，田禾我要走了，去北京我姨家，她给我找了个工作。我对不住你，说跟你睡过觉。

红茹把我拽进了茂密的棒子地，然后静静地躺下。红茹的胴体在棒子地里洁白灿烂，有如一片耀眼的阳光。我想起红茹对我的污蔑，以致由于她的污蔑给我带来的变故，就咬咬牙，发狠地扑在她的身上。红茹痛楚的尖叫让我得到了报复的满足。我对泪光满面的红茹说，既然是命中注定我必须在这块土地上生活，那咱们就结婚吧，你不要走了！这回轮到红茹不吱声了，她站起来，一件一件地将衣服穿好，一点一点地拍打着身上的泥土，沉默了好大一会儿，才缓缓地摇头说了一声，不可能了，田禾，已经不可能了！

然后，红茹就走了，再没回头。然后，我目送她走出田野，走过大桥，上了一辆过往的客车。

红茹走后不久，靠了一个亲戚帮忙和我那张建筑学院的毕业证书，我被招聘到县建设局做了一名合同工。后来，市场经济大潮席卷中国，我下海承包了一个工程队。我有文凭，有技术，我的工程设计常常是别具一格，到处叫好。凭着这些优势，在许多投标竞争中打败了对手，我逐渐成为我县远近闻名的建筑行业大哥大。我有了自己的房子、车子，又娶了电力局长的千金做妻子，还生了一个大胖小子。所有这一切，来得如此之快让我做梦都没想到。我常常怀疑我的所得是不是真的。有好多夜晚，在软软的席梦思床上，搂着娇妻爱子，我常常想起红茹。如果没有她把我从学院告下来，我也许只是一个普通的军人，也许会在设计图纸、核算数据的办公室里，当一个技术员，不知什么时候才能熬到工程师。我真的感谢红茹才对呀！然而红茹在哪里呢？还有我建筑学院的那位女同学，你们都好吗？真希望你们过得比我好！

又是夏天了。当麦子收割完毕、棒子苗刚刚钻出地面的时候，我回了古洋村。就在古洋桥的北边，在我们承包的那片责任田上，经县政府批准，一个新型的汽车电器配件工业区就要破土动工了，配套而起的还有一条通往北京的柏油公路，还有邮电分局、变电站、税务所、工商所……而我则投标获胜，成了这片楼房的设计者和建造者。

这是我们全家在古洋村渡过的最后一个夏天了。责任田没有了，爹娘年岁大了，姐妹们都出嫁了，我要把爹娘接到县城去，接到我那栋小楼里去了。

爹，娘，儿子接你们来了，你们同意吗？

村鼓

古洋村新上任的年轻支书秋子带着二杆来找老记时，老记正在院内太阳底下坐着老船织渔网。屋后冰封的古洋河，不时传来一两下轻微的冰凌炸裂声。

老记叔，织网呀！秋子一进门就搭讪道。

老记嗯一声，眼皮也没翻一下，仍然投入在他的活计里。粗糙龟裂的大手捏着纤细玲珑的梭子来回缠绕着翻转着，生产出一个又一个均匀的网花。阳光很慷慨地透过尼龙网的缝隙，在老记黑红的脸上横涂纵抹着斑斑驳驳的生动，他额头上那块放射状的酱紫色胎记泛着炫目的光芒。

老记叔，这网织得真好，真好。二杆走近前去坐在翻扣的油腻腻的老船上，抻着尼龙网仔仔细细地看了一会儿，很内行地赞扬道：比集上卖的简直强多了，对吧秋子哥？

是好。秋子接着二杆的话茬说。

好什么好？这粗手大脚的，干不出精细活儿，俺就秃子当和尚呗！老记听到赞扬停了活计，有些不好意思地搓搓手。他转过身来，望一眼仍不减军人气质的秋子和紧绷着一身牛仔裤的二杆：有事吗，你俩？

噢……没什么事。二杆掏出一个精致的烟盒，弹一只"阿诗玛"过去，老记叔，你抽烟。

老记摆一摆手，不，俺爱抽大叶。抽那玩意儿粘嘴。

秋子就拾了船上的老式烟荷包送给老记，老记叔，我知道你敲鼓也是把好手哩！比织这粘网还熟练还精通，对不？

没……没那事。俺可没敲过那玩意儿！你们甭瞎白扯！你们也真是，没事瞎白扯什么呢？真是的，没事找事……一提鼓，老记忙回转身子，拿起梭子继续织他的网。烟荷包啪嗒一声被碰落在地。

秋子吁一口气，上前夺了老记的梭子。老记叔，你这人有毛病怎的？会敲鼓就是会敲鼓，又没做贼抢劫砸明火，丢什么人？我和二杆来请你出山，去敲咱村的新鼓。二杆捐款买了新鼓你知不知道？嗯？

是的，老记叔。是巧姑和我爹让我们来找你的，巧姑又要扭秧歌了。一向无拘无束闯过山南海北的二杆笑容可掬，一脸的恭敬。

什么？七巧？真的吗？真的吗？七巧？老记的身子阵阵悸动，他磨蹭着，走出渔网和老船的封闭，缓缓垂头，愣怔在冬日的阳光里。

院后，古洋河骤起一声特锐利特嘹亮的凌炸，悠扬进小村已见春意的上空。

老记以为，他的名字连同他的辉煌已写在古洋村的历史上了。作为一页回忆，他已经牢牢夹在生活这本长篇大书里不愿再翻阅。然而，就在九十年代第二个冬天一个普通的日子里，刚退伍就当上支书的秋子的到来，不仅带给他一种现实难以接受的突兀，而且使往昔的一切峥嵘着翅膀逼近他的眼前。

咚，七巧；咚咚，七巧；咚膛咚，七巧。这鼓声，连同七巧的名字在他的心上身上血液里一直热热地滚动了这些年，翻腾了这些年。他曾嗜鼓如命，他曾有"古洋第一鼓"的美誉，怎么能不会敲鼓呢？

很多年前，老记和七巧都在村上民兵文艺宣传队里。七巧扭秧歌，老记敲大鼓。那面三人合抱的牛皮大鼓，曾在他高超的鼓技里敲出个震天价响花样翻新。每逢演出敲到酣处，老记便裸了背，浑圆的胳膊舞动着两只鼓槌，真比现在织渔网轻松愉快。正擂、反敲、边鼓、套鼓，鼓声激荡，变化多端。包裹着鼓槌的红绸飞快地划出道道红弧，像道道绚烂灼热的火焰。老记额头上那块酱紫色的胎记也漾出了熠熠的辉煌。铿锵高亢的鼓点里，七巧踏着节奏，振臂抖肩，引颈摆臀，静时如鹤立，动时如柳丝，扭得一村人眼花缭乱魂不附体阵阵喝彩。在村人的喝彩声里，七巧忙里偷闲，送一个秋波给老记，柔柔的，宛若清冽的古洋河水注来，濯洗着裸背的小伙子。激情里，老记的眼前依稀出现了他和七巧拥有古洋河的那个美妙的夜晚。美妙的星辰美妙的和风美妙的人儿享受着贫穷生活里仍阻挡不住蔓延生长的青春的美妙。

如果不是那次游街，鼓王老记和七巧的故事定会顺着他们自己安排的情节向前正常发展，分娩出一个美好的结局的。然而民兵连长虹子的插入以及那以后枝枝蔓蔓的勾连改变了老记和七巧的命运。以致多少年后老记在秋日的古洋河里，光着身子躺在船舱里望着牛郎织女星还直纳闷，怎么他和她相距那么近，却怎么也聚拢不到一起哪？这天上的事和世间的事可真是说不清道不明啊！

那也是一个秋日。虻子带着一群基干民兵来到古洋河桥头的槐荫里设卡。蝉们挣扎着喉咙在早落的败叶里唱着夏去秋来的无奈，其声如泣其势如潮。三三两两的社员们从大寨田里耕作了半天带着疲惫归来了，然后在桥头排队站定，挨齐挨板地接受民兵们的搜查，像敌占区的百姓被岗哨查验良民证或腰牌什么的一样。筐头、口袋、提篮都被翻个底朝天。虻子亲自动手把一个矮老头的筐子倒扣到桥面上，半筐青草铺散开来，骨碌碌从草里滚出七八个毛茸茸白分分的嫩棒子。把他捆起来！虻子一挥手，很威严地命令着民兵们：偷集体的东西，这是挖社会主义墙角，这是破坏农业学大寨，捆起来押到大队部去！

于是中午就响起锣鼓声。一根细细的铁丝串了那几个嫩棒子挂在了矮老头的脖颈上。老头在几个民兵簇拥下，被没有歇晌的人们围观着，开始了那个时代常有的活动。村民的骚动里，虻子一边飞着唾沫领呼口号，一边指手画脚地呵斥着锣鼓队，你们，卖点力气！老记瞧你耷拉着脑袋那个样儿，是斗争你爹吗？快敲鼓。咚——咚——蔫蔫的，全然没有了演出的架势。虻子就又嚷嚷：老记，撑劲敲！拿出吃奶的劲来，使出看家本领，敲个花样儿让大伙瞧瞧！要不，老子永不让你摸鼓！听见没？老记愣了愣，一咬牙就将鼓点擂得震天价响花样翻新。咚咚锵，咚咚锵，咚不愣登锵—锵—锵……

锣鼓声充塞了小村。村民越聚越多，口号越呼越大。矮老头木呆呆地低着头，被男女老少的目光和嘴巴淋漓地肢解着，铁丝勒进了他的肉里。他做梦也不会想到：为了生病的老伴掰了几个棒子就……

远处，一个姑娘躲在一棵水泥电线杆后流着泪，慢慢瘫软在地。

那姑娘是七巧。那老头是七巧的爹。此时只有七巧清楚虻子为什么这样整治她爹？她为了老记拒绝了虻子的纠缠，在虻子的民兵连部里七巧抽了虻子一巴掌。可她弄不清楚不是演出老记为什么仍然那么卖命地敲鼓，就像她扭秧歌一样那么卖命。鼓声，这鼓声，你好厉害好无情哟！该死的鼓声，该死的老记！

游完街，矮老头被绑在大院里的柱子上。虻子对人们说，后半晌要送交公社处理。但后来终究没有送。有的人看见，那天午后，七巧换了身衣服披散开油黑油黑的大辫子悄没声地溜进了民兵连部。大热的天，民兵连长的门窗突然就都关上了，严严实实的老长一段时间才开。

　　秋庄稼还没收获的时候，七巧就结婚了。新郎就是虻子。唢呐牵着迎亲的马车碾过破烂的街道，碾过老记的门前，碾碎了老记的心。吹吹打打的喜庆里，老记跑到古洋河边，在他和七巧依偎过的大柳树下，将一对系着红绸的鼓槌砸断，抛进了古洋河。七巧、七巧、七巧，你为什么为什么呀？古洋河大柳树你告诉俺告诉俺，难道这就是对俺老记喜欢敲鼓的惩罚吗？

　　老记没有明白七巧当初的选择，就像七巧没有明白老记为什么斗争她爹时还那么卖力敲鼓一样。直到多少年后，当虻子在城里盖起高楼创办"古洋电器公司"雇上年轻浪漫的女秘书与七巧离婚后，老记和七巧才彻底明白了一切。然而此时历尽风雨沧桑的他们已经霜染两鬓青春难再了。

　　老记的鼓声熄灭了不久，古洋村的人们便走出那个时代的喧嚣和躁动，开始了一家一户为单位的各自的劳碌奔波。土地分了，牲口农具分了，村民们忘记了那远去的鼓声，忘记了那寂寞的鼓王。出门的沿着中国的版图沿着中国改革开放的路线捞世界去了；在家的围着大大小小的责任田围着高高低低的砖瓦房，守着妻儿老小精雕细刻着中国特色的小康日月。古洋村着实平静了许多年，也富足了许多年。

　　老记没有出门，也没承包责任田。一条船儿一只桨，他在风风雨雨里漂遍了长长的古洋河道。下网设箔捕鱼，餐风宿露啜寒。河风水影里，他多少次孤身一人独对古洋河水，鉴照悠悠岁月；顾怜自己的枯槁，遥想当年的辉煌。耳畔便又响起鼓声，心头便又想起七巧。咚七巧咚咚七巧咚咚咚七巧……

　　可七巧嫁人了，可大鼓被毁了。那年夏天，老记亲眼目睹了那面大鼓淹没在古洋河的肚子里结束了自己的生命。那个淘气的孩子头二杆统帅着一群孩儿兵从大队里偷出了那面尘封的大鼓，吆喝着骨碌着滚到河里去洗澡。嘻嘻，咚。嘻嘻，咚。真棒！真好玩！比老记的破船强多了。老支书的儿子二杆光着屁股上了大鼓，领袖一样挥手跺脚。咚——孩儿兵们欢呼着，二杆你真能！咚咚——二杆下来，你下来！换换俺们上去。吵吵着，又上去了一个光屁股。又一个。咚咚咚，咚咚咚……

鼓声中，水花迸溅。突然噗的一声，牛皮鼓面被踩坏了一个窟窿。河水便争抢着漫了进去。不大功夫，大鼓就沉进了古洋河。水面一串气泡疼痛地叫着，那是大鼓最后的喘息。

老记是流着眼泪看完这一幕的。当大鼓慢慢下沉的时候，他的心被撕裂般的痛楚。他觉得自己随那鼓沉入了河底，沉入了无以自拔的悲伤之中。他坐在船上好几天不吃不喝不干活。他苦苦地思索着这样一个问题：人穷时有鼓敲，但越敲越伤心；人富了该欢乐欢乐了，却没鼓敲了。他得不到答案，只好仰在船上长叹一声：唉——，这世间可真是可真……是呀……

老记再度听到鼓声，是在农村社教工作队开进古洋村之后，沉寂多年的高音喇叭又活泼泼地跳动起来，"太阳最红毛主席最亲""阿伍人民唱新歌"的旋律糅和着一个又一个的新闻塞进了一家一户，洞开了他们封闭的门庭。红白理事会成立了，妇女禁赌协会成立了，青年文化宫建起来了，老年人婚姻介绍所开始为你服务了……跑业务赚了大钱的二杆又捐款五千买了道具行头、锣、铙、钹和一面三人合抱的新崭崭的大洋鼓，古洋村有着悠久历史的秧歌队高跷会又重新恢复了。咚咚咚，嘣嚓嚓，咚咚咚，嘣嚓嚓。鼓声膨胀了小村的空气，火爆了小村循规蹈矩的日子。

而老记的心仍如枯井般死静，这些年来，他已习惯了这样寂寥孤单的生活。他不愿和太多的人太多的事发生某些这样那样的联系。他只希望在自己习惯的河道里行船摇桨，直到衰老直到死去。他仍闭门修船织网。他已隐隐听见古洋河不断迭起的凌炸了。只有这凌炸才能兴奋他。七九河开八九雁来九九没凌丝，单等古洋河开化成一河流淌的春水，两岸柳树初绽鹅黄，他又要下河捕鱼了。

就在这个时候，新上任的村支书秋子带着当年光屁股踩鼓的二杆找上门来了。他们提到鼓，提到了七巧，提到七巧又参加秧歌队了。咚，七巧。咚咚，七巧。咚咚咚，七巧。你这苦命的人怎么样了呢？你是否知道，有一个男人在古洋河一条破船上无数次望见你单薄的身影行在历史铸造的悲剧中；他无数次想鼓足勇气去敲你独居的大门，就像他当年在这古洋河畔敲开你少女心灵之门一样。可他又无数次用怯懦浇灭了自己的勇气。他知道：快五十岁的人了，将近二十年的事了，真正的陈芝麻烂谷霉糠了，还折腾它晾晒它干什么呢？他还知道：人生一世转眼就是百年半截身子埋进黄土了，还指望个什么指望个什么呢?

可是,那咚咚咚的鼓声依然如故地牵扯着他萦绕着他激动着他,和他这些年来心上欲断未断犹息不息的鼓声连在一起响成了一片。他终于在鼓声的呼唤下放下了手中的活计,挂了梭子磨蹭着走出了渔网和老船的封闭,走到秋子和二杆的面前,沙哑着嗓子颤颤地说——咱们走,去看看新鼓——

在冬目的阳光里,穿过宽阔的铺了柏油的大街,老记跟着秋子和二杆来到了古洋村中心的广场上。老记就看到了他一生中最为红火最为色彩缤纷的场面。杆子那帮已长大了的哥儿们守着那面新鼓不大熟练地敲击着,不少青年男女都化了妆描了眉上了油彩,穿上了各式各样的衣服戴上了奇形怪状的面具。高跷队里的孙猴子猪八戒弥勒佛丑婆娘傻小子纷纷亮相登场。秧歌队里羽扇飞旋似花彩绸飘逸如云长袖翩然若红。两队不断变化队形,穿插巧妙,配合默契。

广场中心,一个女人一边扭着身体指挥排练,一边数落着高声唱吟:

莲花莲花盆儿哟,坐小人哟;

小人高哟,踩高跷哟;

高跷会哟,好热闹哟;

敲大鼓哟,唱大戏哟;

扭来了哟,秧歌队哟;

唱丰收哟,庆胜利哟;

咚咚镪起镪起,咚咚镪起镪起……

啊?那是七巧,真是七巧!老记睁大了眼睛,透过厚重的时空,他恍惚又看见年轻的七巧引颈摆臀振臂抖肩,踏着他的鼓点婀娜着扭来,依然是那柔柔的秋波,依然是那美妙的时刻……

咚,七巧。咚咚,七巧。咚咚咚,七巧七巧。你是七巧,但又不是昨日的七巧,俺是老记,俺心依然是过去的老记。俺的七巧,俺也来了。俺又来敲鼓了,俺迻耍敲他个震天价响花样翻新,重新敲出当年"古洋第一鼓"的威风和辉煌。

老记热血沸腾。他突地蹿过秋子和二杆,蹿过厚厚的人层,挤到鼓前。他夺过鼓槌,平心静气,抡圆了膀子,重重地击打在那面崭新的大鼓上。咚咚咚咚咚……

在众人惊诧渴盼的瞩目里，激越高亢的鼓声，在古洋村的广场上在古洋人心上重又爆响起来。

刺秦，以后

【秋风台】

人们都叫我徐夫人。一个很女性的名字。但我是把匕首，是天底下最锋利最毒性的匕首。

我是徐夫人铸造的。徐夫人也不是女性，他是个顶天立地的壮士，可惜他已经死了。他是闻名战国的铸造师。铸造师是不应该参与政治的。所以徐夫人造出我来，就跳进了铸造炉里。在他融化的短暂过程中，他的灵魂就移植到了我的身上，我也就成了新的徐夫人。

我被燕太子丹从赵国带到了燕国，交给了荆轲。我知道荆轲是另一个壮士。但我来到燕国，看到的却是另一个荆轲。他那时候已经被太子丹拜为了上卿，整天住豪华公馆，食美味佳肴，赏珍奇玩物，阅天下美色。这真让我有些怀疑他壮士的身份，我甚至认为他是一个蹭吃蹭喝的高级食客了。

但太子丹好像很有耐心，整个夏天，他就陪着荆轲，纵容着荆轲。那天，在白洋淀畔的易水河边，划船累了，荆轲把我放在了一株柳树下，然后枕着一把蒲草呼呼睡去。太子丹守在他的身旁。雨后的蛙鸣潮水一样袭来，搅了荆轲的好梦。荆轲拾起瓦片向河里投去。蛙声还在继续。荆轲恼怒地起身寻找瓦片，没有找到。一抬头，太子丹捧来了一堆金瓦。他毫不犹豫地把金瓦全部掷进了河里，那蛙声立即止住了。荆轲拍拍手，又兀自睡去。

游玩结束，离开易水河，他们骑着千里马返回蓟城。行到半路，荆轲对太子丹说，前面有个饭店，吃点东西再走吧，我肚子有些饿了。丹说，荆上卿想吃什么呢？荆轲下得马来，伸伸懒腰，这乡村小店，随便吃点吧，看看有没有新鲜的马肝，那玩意儿很下酒呢！

果真还有马肝。马肝味道很鲜美。荆轲就多吃了一些，多喝了一些。我在荆轲的腰间随着他的身子不停地晃动，连我都被晃醉了。等我和荆轲晃到饭店门口的时候，一辆马车早已等在了那里。荆轲说，不坐车，我骑马，把那匹千里马牵来！丹说，千里马已经埋了，它的肝现在就在你肚子里！荆轲没说什么，依然摇晃着，坐上了马车。

回到蓟城，太子丹又设宴华阳台，还把荆轲的市井朋友高渐离请了来。酒至酣处，高渐离击筑而歌。荆轲拦住了高渐离，我整天听你的筑声，早就烦了，你歇会儿！太子，来点新鲜的怎么样？

很快，太子就把虞美人叫来了。虞美人献上了一首《易水谣》。荆轲听着曲子，眼睛盯住了虞美人那双细腻灵巧的手，那手十指尖尖，毫无瑕疵，熠熠生辉。他不禁赞出声来，好。丹就笑着说，虞美人，你以后就专门为荆上卿弹奏吧！荆轲摆摆手，涨红了脸，不不不，太子，我哪能夺人所爱呢？我是说虞美人的那双手好，真是太好了，没有这双手，绝对不会有这样动听的音乐！

宴会结束了，荆轲带着我返回公馆。茶桌上，太子早命人准备好了茶点。荆轲揭去了茶点上面的丝帛。令荆轲意想不到的是，一双手鲜活整齐地露了出来。我认识，那是虞美人的手。

丝帛就在荆轲的手里慢慢地飘落在地，那丝帛我想还会飘落千百年。就在丝帛飘落的时候，我看见荆轲的嘴角抽动了几下，似乎有话要说，但没说出来。可我已经读懂了他的嘴角，他是想说，是时候了……

夏尽秋来，真的是时候了。太子丹已经沉不住气了。秦军大将王翦已经攻破赵国，屯兵白洋淀边。大兵即将压过燕境。樊於期的头颅拿到了，燕地督亢地图准备好了，助手秦舞阳报到了。我已经被淬过剧毒。为了验证毒效。丹还拿囚犯做了实验。他用我划破了囚犯的皮肤。那个倒霉鬼只流出了一丝血，就无声无息地去了他早晚要去的地方。

现在，我就躺在那个黑色的匣子里，包裹着我的是那张燕地督亢地图。在另一个红色的匣子里，躺着的是樊於期的人头。我在匣子里亢奋跳跃，把匣子弄得啪啪作响。我知道，丹已经把荆轲送到了易水河畔的秋风台。秋风激荡，天空昏暗，前途漫漫。荆轲慢慢地走上了秋风台。他望望卫国的方向，那里是他的家乡。他望望燕国的方向，那里是他客居的地方，在那里太子丹收留了他，给了他做大英雄的机会。他又望望脚下的易水河，他看见了他投掷在河里的金瓦……蓦然间，他一抖征袍，一抻脖颈，发出了前所未有的呐喊：风萧萧兮易水寒，壮士一去兮不复还……

秋风台下的好友高渐离流着眼泪拼命地击筑和之，白衣白帽的太子丹和送行的人群哗啦跪成了一片。荆轲歌罢，抱起两个匣子，连看也没看秦舞阳一眼，就上了车子。车子向西绝尘而去。我在兴奋的颠簸之中，却听到了荆轲喃喃地自语，太子，你太心急了，我在等一个人，那个人还没到啊！

我们到了咸阳，去刺秦王嬴政。但我们没有成功。秦舞阳退了。荆轲死了。他先是被秦王刺中左腿，然后就是被肢解了八段。其实荆轲满可以刺杀秦王的，但他只是割下了秦王的半截衣袖。其实我也是可以刺杀秦王的，因为我有徐夫人的魂灵。但我只是脱离荆轲之手穿过秦王的耳畔，深深地扎在了铜柱子上。来到了秦国，我才明白秦王是刺杀不得的。荆轲为了报答太子丹，不得不走这一遭。而我，为了成就荆轲，不至于让他成为千古罪人，我只能成为千古罪刃！就在我扎进铜柱的那一瞬间，我恍惚听到了易水河哗哗的水声和秋风台飒飒的风声，我终于明白，荆轲等待的那个人，其实是太子丹。是另一个太子丹。是能够让燕国强盛于秦的太子丹。

【断魂筑】

自从荆轲死了之后，高渐离再也没有摸过我。他把我装进箱子里，悠悠地对我说，燕国不保了，我们该离开这里了。我听见有东西噼里啪啦砸在箱子上。直到那东西顺着箱子的缝隙滴在丝弦上濡湿了我的身体，我才知道那是高渐离汹涌的泪水。

果然，秦国大军旋风一样扫过燕国。他们的旋风是向北刮，我和高渐离是向南逃。他带着我爬过他故乡范阳城的残垣断壁，涉过血水流淌的易水河，来到白洋淀边的秋风台。那时，秋风台已经被炮火掀去了半边。我感觉，高渐离的脚步在这里停顿了好久。往事如昨，高渐离和太子丹送别荆轲的场面连我都记忆犹新。我发出的高亢悲壮的音律在这里曾经撼动了那么多人。那是我迄今为止最痛快淋漓的呐喊。呐喊完了，我开始疲惫地歇在高渐离的行李箱里。作为一把筑，我除了听命于高渐离的手指，发出不同的音律，我还能做什么呢？

来到了宋子城，我们就听到了太子丹被他的父亲割掉头颅献给秦国的消息。高渐离拍着行李箱，拍着我昏睡的身体，嘶哑着嗓子说，燕王喜割掉的不仅是太子丹的头颅，他割掉的也是他自己的头颅啊！高渐离的话很快就得到了应验。秦国大将王翦的儿子王贲把燕王喜从蓟城追到了辽东，硬是生生的把他的头颅揪了下来。丹的头颅掉了，喜的头颅掉了，燕国天空的星辰也掉了。

我和高渐离不能再往南逃了。逃到哪里看到的都是秦国的星辰。我们在宋子居住了下来。高渐离做了一家酒楼的酒保。他的名字改成了燕惜。我就被燕惜安排在他那简易得不能再简易的床底下。虽然我动弹不得，但每天我又都在跟随着他。我是他的影子，一个曾是天底下最好的乐手的影子。我随着他端盘上菜，刷盘洗碗，砍柴劈木。我眼睁睁地看着他的一双调琴弄筑的纤手变得粗糙皲裂，骨节粗大。看着他的心在一点一点破碎开来，我躁动不安。我在箱子里激烈地扭动自己颈细肩圆的身子，我的十三根铜弦铮铮作响。我觉得那简易的床铺也在我的响声中摇晃。我停止不下自己。直到中间那根长弦在燕惜沉重的叹息声里怦然抻断，我才有了暂时的安静。

燕惜停止叹息是在那个月明星稀的夜晚：那晚他破例多喝了几杯冰烧酒，正要回房休息，却听到了一阵久违的筑声隐隐传来。他循着筑声挪动着脚步，他的褴褛的衣袂很快就飘到了主人家的堂前。那是一个咸阳来的客人在击筑。堂下一群人正侧耳细听。一曲终了，众人鼓掌赞叹。燕惜却不合时宜地嘟哝了一声：好是好，就是差了一些东西！

差什么东西呢？主人和客人把燕惜请到了堂上。燕惜说，客人的筑声是从琴弦上弹出来的，只能悦人耳，还不是真正的音乐。真正的音乐是悦人心，是从心底里发出来的！客人把筑一下子就掷到了他的脚边，那你弹一首真正的音乐给我听听！

燕惜一脚就把那筑踢到了堂下。然后一个漂亮的转身，走了。他从床下掏出尘封的我，然后换上了那身在燕国朝廷穿过的华丽衣服，整容净面，回到了主人堂上。在众人惊诧的目光里，修颀俊逸的燕惜左手按住我的头部，右手捏着竹尺，优雅而娴熟地一击，我渴盼已久的身体顿时生动起来，震颤着发出了一声贯穿天地的妙音。众人的心一下子就被击昏了。昏迷的心不会死去，它们注定还会被持续的筑声所唤醒。一阵高亢的筑音穿过，接下来就是激越的旋律。我和燕惜都不由自主地唱起了那首荆轲曾经唱过的《易水歌》：风萧萧兮易水寒，壮士一去兮不复还……

好——主人、客人还有堂下的听众禁不住欢呼起来。燕惜却流着泪嘟哝着，好什么好，这十三根铜弦还断着一根呢！

那个夜晚过后，我没有再回到箱子里。我重新回到了燕惜的怀抱。我们又变得形影不离了。我们搬出了那家酒楼。燕惜对我说，不怪那几杯冰烧酒，该是离开宋子的时候了，有人在等我们呢！

谁在等我们？是嬴政。不，应该叫他秦始皇，他现在已经统一六国了。战鼓声已经远离了咸阳宫，现在这里需要音乐。需要音乐来粉饰装点大秦的一统江山。我和燕惜就做了秦始皇的宫廷乐师。秦始皇要让燕惜做一曲《秦颂》，只是在进宫之前，他让人用马屎薰瞎了燕惜的眼睛。其实，燕惜的眼睛根本不用薰了，他基本上已经为荆轲哭瞎了。

与秦始皇面对面的时候，我才知道他不但懂战争，懂政治，他还懂音乐，懂我。当我在燕惜的手下发声委婉的时候，他微笑。他满足于君临四方威加海内，帝王大业从此开始。当我发声慷慨的时候，他朗笑。他得意于普天之下莫非王土，率土之滨莫非王臣。当我发声激昂的时候，他狂笑。他感叹一个曾经的私生子，终于统一了天下所有的声音，终于让天下最好的乐师最美的乐曲为他而奏。他狂笑着，受了我声音的吸引，一步一步走向燕惜，走向我。他俯身想从燕惜的手里拿过我，然后自己弹奏。而这时，我却发出了铅一样沉钝的声音。我灌满铅的身子在燕惜的粗糙大手里化作一道闪电，飞快地向秦始皇砸去——

应该说我是长着眼睛的，但我的眼睛终究不如人的眼睛，更何况是秦始皇的眼睛。他比闪电还快的眼睛帮助他的头躲过了这致命的一击。我和沉重的铅块跌在大殿，整个身子霎时七零八落。我成了一把断魂筑！

燕惜在秦始皇的剑下一动不动。我奇怪他的盲目里竟然还有眼泪，竟然还有铅块一样的眼泪汩汩而出。

燕惜被秦始皇送上了绞架。我的七零八落的残骸也被他聚拢起来，放在了燕惜的脚下。秦始皇拍拍燕惜的肩膀，轻声地说，我早就知道，你不是燕惜，你是高渐离！薰瞎你的眼睛，是想让你专心音乐，可你却偏偏参与了政治！

燕惜抬起头，冷笑道，不，我不是高渐离，我是荆轲的影子，我也是燕国的影子！

【易水殇】

我是姬丹，是燕国的太子。但我是一个死去的太子。我的父王姬喜割下了我的头颅。

燕王喜是听了代王嘉的话才决定割下我的头颅的。嘉是赵王迁的侄子。赵王迁在邯郸城破的时候就被虏去了咸阳，嘉孤身一人逃到了代郡，又做了王。秦将王翦穷追不舍，一路索命打到了易水河畔。惊魂未定的嘉就派人求救于燕。父王当时还犹豫不决，是我说服了他，他才同意从蓟城发兵易水河的。但是，秦国早有准备，他们这次是铁心要把代及燕一起吃掉的。我们注定抵挡不住秦国的虎狼之师。易水河畔的代、燕防线脆弱得像白洋淀边的一株老柳，很快就树倒枝残了。代、燕兵败，蓟城陷落。我们只得远遁辽东襄平。

父王又一次把罪责记在了我的头上。他指着我的鼻子破口大骂，丹你这个不成器的混蛋！让你在秦国当人质，你偷跑回来；让你刺秦，你刺来了秦国大军；让你联代，你联来了京城不保。引火烧身，自取灭亡，竖子不足为君，我要废了你的太子——

我愤愤地退出了父王的临时行宫。父王大大地伤害了我。这几件事是我姬丹心底里的最痛。我也是抱定重振强燕大志的王子，我怎么能长久在秦国做人质，忍受我一向看不起的嬴政的侮辱呢？我从没有认为刺秦刺错了，也从不认为是我招来了秦国大军。嬴政的野心昭然若揭，他必然要诛灭六国。刺杀了他，燕国还有一线希望，还能够东山再起。刺杀不了，燕灭于秦，是迟早的事。至于联代抗秦，那也是保卫燕国啊！唇亡齿寒，代郡不保，燕国，何存？可关键时刻那个该死的嘉带兵逃回了代郡，剩下燕军孤掌难鸣，焉有不败之理？可这些，父王怎么就不能明察呢？唉，看来父王是老糊涂了！

我把我的一腔苦水统统倒给了太傅鞠武。这些年来，只有他坚定地站在我的身后。他是我姬丹的影子。过去是，现在也是。太傅的智慧就像他长长的胡子，他总是能够击中要害。太傅说，太子啊，你的处境艰难呢！以你父王对皇权富贵的眷恋，他是不可能尽快把燕室江山交给你的。即使交给你，一个行将就木的国家又有什么意思呢？你不要等待了，要想实现你的理想，必须当王，必须让你父王退位！

他要是不退呢？我说。

那就杀掉他！鞠武把他的胡须掩下了一根。

我打了一个寒战。樊於期自刎的时候，我没打寒战；田光自杀的时候，我没打寒战；荆轲被诛杀的时候，我也没打寒战。如今听了太傅的话，我打了寒战。我拼命摇头，不，杀父弑君的事情我不会干！

那你就会被杀！鞠武说完这话，吹落他掌上的胡须，走进了辽东血红的残阳里。

我不相信父王会杀我。虎毒不食子，何况我是太子。我还要向父王进谏，我还有复兴燕室富国强兵的宏大计划。王翦老了，仗也快打不动了，只要他退兵，不需两年，我就会重新杀回易水河畔的。那时候，强大的燕国之梦，强大的中原之梦就不单单再是梦！也许统一天下的不是嬴政，是我姬丹啊！我从没有认为我比嬴政差！

然而，秦国换来了年轻骁勇的李信。李信的到来，打破了我的梦想。在父王的恐慌里，我又一次带兵出战。在衍水，我遭遇了李信的火攻。部队溃败，我躲到冰凉的水里，才幸免于难。走上岸边的时候，我仰天长叹，既生丹，何生政？

李信包围了襄平城。父王派人向代王嘉求救。嘉没有发兵，却发来了一封信。信中只有六个字：杀姬丹，围可解！

父王大骂，无耻的嘉，猪狗不如的嘉，你如此背信弃义，退秦后，我一定先灭了你！骂完，父王把嘉的信烧为灰烬。

然后父王就派人来我栖身的衍水桃花岛请我回宫。父王要和我商议退秦之计。鞠武不让我去，可我还是去了。父王已经答应我，退秦之后就让我继位，你说我能不去吗？

在父王重又修葺一新的王宫里，他安排好了丰盛的酒席，拿出了燕国宫廷上等的冰烧酒。他还叫了几个绝色的宫女舞蹈吟唱。我真服了我的国王父亲，到这个时候了还如此讲究排场。不过，我原谅了他。就让他再欢乐一回吧，过不了多久，坐在他那个位置上的就是我姬丹了，我一定做一个励精图治的好国王。

那晚，父王以他少有的慈爱温暖了我。我就多喝了两杯，在一个宫女温软的香怀里昏睡了过去。

等我醒来的时候，我已经身首分离了。我的身子不知去向，我开始清醒的头颅被父王装在了一个黑色的松木匣子里。就是那次我装樊於期将军头颅的那一种匣子。我彻底明白：父王到底还是听了代王嘉的话。为了保住他的头颅，就设计割下了我的头颅。

我听到了母后的哭声，听到了王宫的哭声，也听到了整个辽东的哭声。在哭声中，我的头颅被送到了李信的大营。

李信暂时退了兵。他要亲自护送我的头颅到咸阳，去向那个想我想得快要发疯的嬴政复命。他估计自己这次肯定要加官晋爵了，说不定他要取代王翦的位置了。

但我绝不会让李信成功的。当李信载着我头颅的战车来到白洋淀边易水河畔的时候，我的头颅在一阵巨大的颠簸中突然轰鸣着破匣而出，鹰一样飞向了天空，颈下的鲜血泼洒成一面猎猎的战旗。我睁圆双眼最后看了看燕国千疮百孔的土地，一头扎进了流水汤汤的易水河。我知道，这里有樊於期的头颅，有田光的头颅，还有荆轲的头颅。他们已经等我多时了。

拿着瓦刀奔跑

瓦刀，*wà dāo*，瓦工用以砍削砖瓦，涂抹泥灰的一种工具。《占验录》附《禳祓事类》："[砌灶]或有以瓦刀朝其寝，或向厅堂，使有刀兵相杀。"

王奔儿拿着瓦刀在大街上奔跑去了。我没有拦住她，或者说，我根本就没有拦她。我不愿意她干涉我和桃蕊的瞎蛋事儿。我的事情我做主，连周蘑菇都管不了，你王奔儿能管得了吗？

但王奔儿就是愿意大清早拿着瓦刀奔跑。她现在也不去化工厂伙房做饭了，更不在家里做早饭了，她说她已经是有儿媳妇的人了，她当婆婆的人也该吃点现成的了，她怎么还做早饭呢？所以大清早她就起来，草草地擦把脸，从被子里掏出瓦刀，在地板砖上蹭蹭，唰唰唰唰，反正面，她蹭得很仔细。直到蹭得瓦刀发烫，她才停止，然后唧里咣当地走出卧室门，走出二门，走出大门。在走出大门的时候，她还不忘冲着我们屋里喊一声，周游，起床啊，起床让你媳妇儿做饭——

然后她就蹬蹬蹬地跑了。我的眼睛就飞出窗口，飞出院落，跟着王奔儿来到了大街上。我看见王奔儿奔跑起来。她先是向北，出了大街，跑到了古洋河堤上。她望了望干涸的河床，望了望干涸的河床中间那一脉黑得发青的印痕。印痕里好像还有水的流动，还有一股刺鼻的气味穿破稀薄的空气飞快地向王奔儿撞来，撞到了她的身上，撞到了她手里的瓦刀上。瓦刀就疼痛地颤抖了一下。王奔儿觉出了这种颤抖，她擤了一下鼻涕，又擤了一下鼻涕，就加快了速度，沿着那脉青痕的方向朝西跑去。穿过一片杨树林，穿过一个养鸡场，她在古洋河桥南停下了。她流着汗，喘着气，望着桥南面这片葱郁茂盛的厂房，生机勃勃的烟囱，还有那一开一关就红灯闪烁迷离人眼的旋转门。她举起了瓦刀，我看见她举起了瓦刀，走向那块刻着"蒲田化工厂"的铜牌，烫金的铜牌，凹进去的红字像注满了一汪汪的血。王奔儿开始屈肘了，王奔儿开始挥动瓦刀了，我的心怦怦地跳起来，我的眼睛噼里啪啦地眨起来。这时，公司院里响起了汽车发动的声音，响起了汽车喇叭的鸣叫，响起了门卫周蘑菇的咳嗽声。我看见王奔儿的瓦刀就落了下去。她朝着空气狠狠地砍了一瓦刀。

那时候，我的眼睛就贴到了瓦刀上。我的眼泪就沾湿了瓦刀刃。

王奔儿拿的那把瓦刀跟随周蘑菇30多年了。30多年里，周蘑菇拿着瓦刀奔跑。奔跑在大小建筑工地上。建楼，盖房，抹屋顶，垒厕所，修猪圈，砍砖削瓦，涂泥抹灰，都是这把瓦刀。瓦刀在周蘑菇的手上游走了这些年，在周蘑菇的日子里也游走了这些年。它手柄光滑，刀身圆润，刀刃坚韧。那真是一把好瓦刀。当初王奔儿就是看上周蘑菇这把瓦刀了。看上了周蘑菇这把瓦刀，她就忽略了跟着周蘑菇的那个年轻小工的火热眼神，就觉得周蘑菇的胳膊很男人，觉得周蘑菇的黑脸很英俊，觉得周蘑菇的坯房土炕很温暖。王奔儿就从县上的建筑工地上跟着周蘑菇回到了古洋村。她不给建筑队做饭了，她专门给周蘑菇一人做饭。后来就有了我，后来她又怀了孕。周蘑菇后来告诉我，有很长一段时间，王奔儿迷恋瓦刀。只要瓦刀不忙，王奔儿就摸着瓦刀玩儿。她用瓦刀切菜，熨衣，挠痒痒。她觉得瓦刀划过皮肤的感觉就像水流过身体的感觉，就像蜂蜜流入心里的感觉。甚至和周蘑菇睡觉的时候，她也把瓦刀放在她和周蘑菇胸与胸之间。那时候，瓦刀不是瓦刀，是兴奋剂，是助燃剂，是引燃她情欲的导火线。王奔儿爆发的那一刻，经常是用瓦刀挤压着自己的身体，然后才长吟一声，赞美着，周蘑菇，你真是一把好瓦刀啊！

　　所以说，我一生下来，就长得像瓦刀。确切地说，是我的脸像瓦刀。我知道是那把瓦刀的过错。你王奔儿喜欢什么不行，干嘛偏偏喜欢瓦刀呢？你喜欢瓦刀也就罢了，你干嘛和周蘑菇睡觉还离不开瓦刀呢？话又说回来，其实瓦刀脸也没关系，李咏就是瓦刀脸，巩俐也是瓦刀脸。都是大明星。关键是我的瓦刀脸好像是有些颌部畸形，不但影响了我的吃饭速度，还影响了我的说话功能。我说话慢，吐字有些呜呜囔囔的，像整天感冒似的！所以说，我找对象有些困难。其实，瓦刀脸找对象也有不难的，周蒲田的小子周舟我看着也像瓦刀脸，可人家找对象一个一个地挑起来没完，谈了睡，睡了谈，走马灯一样换来换去，像在集上挑瓜，个大的不行，个小的也不行，带把儿的不行，有刺的也不行，有坑子点子的更甭说了。为什么他能挑来捡去，因为他家开着化工厂，有钱。有钱他就可以去做个面部整形，瓦刀脸不再是瓦刀脸，有钱他就可以招蜂引蝶。其实现在这社会哪里还用招蜂引蝶啊，你要是有钱，蜂啊，蝶啊，就会招惹你，自动地飞到你的肩上，飞到你的瓦刀脸上，飞到你的床上的。我觉得我这话有些深刻。我不喜欢说话，我喜欢思考。我上学的那几年，小学到初中，我喜欢读书，我成绩很好，要不是王奔儿非把我拉下来，我说不定能升入重点高中考上大学的。

　　王奔儿把我从学校里硬拉回家，她当着周蘑菇的面，把那把锃明瓦亮的瓦刀塞到了我的手里。王奔儿说，周游，你看这上学没有用，考上大学照样自己找工作，再说了，咱家也没钱供给你，你就拿着你爹这把瓦刀跟着他去工地上跑吧！

我把瓦刀拿在手里，正面看看反面看看，看看刀柄，看看刀身，再看看刀刃。这确实是把好瓦刀。这么好的瓦刀王奔儿终于舍得让我拿在手里了。可我不稀罕。我把瓦刀扔在地上，我对王奔儿说，这么好的瓦刀，你还是留着我爹和你用吧！我，我，我要去化工厂打工——

周蘑菇拿着瓦刀在大小建筑工地上奔跑的时候，后面总是跟着一个人。那个人既是小工又是徒弟。那个人跟着周蘑菇登梯子爬杆儿，打砖和泥，调浆灌灰，砌砖垒墙，成了周蘑菇的影子。后来因为一个女人，一个跟着工地做饭的女人，他跳下了脚手架，离开了周蘑菇，一个人去南方闯荡了。再后来，他从南方娶妻生子回来了，三鼓捣两鼓捣的，就在周蘑菇家的房后身办了个化工厂。

工厂开张的那天，他来请周蘑菇和王奔儿。他对拿着瓦刀想出门的周蘑菇说，蘑菇叔，你往后不用去建筑工地上奔跑了，你就来化工厂打工吧！还有王奔儿也去！周蘑菇叼着半截大公鸡烟，将瓦刀在鞋底子上蹭了蹭说，周蒲田，你应该往王奔儿叫婶子！周蒲田拍拍嘴巴哈哈一笑，对对对，应该叫婶子，瞧我，叫习惯王奔儿了！周蘑菇说，我们去化工厂，能做什么呢？周蒲田说，我早给你准备好了活，你先去垒厕所，垒完呢，就留在工程部做些修修补补的活。王奔儿还干老本行，给我的工人做饭，我不会亏待你们的！

周蘑菇把嘴里的烟屁股使劲吐了出来，烟嘴儿倒立着戳在了脚下。周蘑菇说，我的瓦刀在外面跑惯了，跑野了，成气候了，它回不到你那小厕所了！至于王奔儿吗？你问问她，她去吗？

王奔儿那时正在院子里教我读识字课本，"上下来去风雨雷电锅碗瓢盆飞禽走兽"什么的，我俩读得如火如荼。她那时肚子里还怀着我的一个弟弟或者妹妹，她放下识字课本，挺着肚子挪到周蘑菇跟前，用肚子顶了顶周蘑菇的胯骨，我去！有好事为什么不去！要不介，我也是在家待着啊！在家待着我早就呆穷了，呆腻歪了，对胎儿发育也不好！

周蒲田把嘴咧到了后脑勺，周蘑菇一脚踩烂了戳在脚底下的烟屁股，气哼哼地拿着瓦刀出了门。

周蘑菇一走就是一春天。王奔儿把我送到了学校，去了化工厂。她和一个厨师给二十号人做饭，每天都要忙到很晚。我放学后，在街上疯够了，疯累了，我就去化工厂找王奔儿。我能够吃到化工厂的剩饭剩菜，有时候周蒲田还把我叫到他的办公室，给我一双筷子，让我和他对面坐着，和他一起吃着他的老板餐。高兴了，他还给我倒上一杯啤酒，劝我喝。我不知深浅的端起杯子，咕咚就是一大口，我觉得这味道像泔水。我要吐，周蒲田说，我的小弟弟，你可千万别吐，来给你块肉压压。他把一块鸡大腿塞进我的嘴里。酒和肉搅拌着，别有一番味道，哦，香。我的腮帮子鼓了起来，又瘪了下去。周蒲田就又给我倒上了一杯。

王奔儿下班来领我，看到我和周蒲田对饮的场面，皱了皱眉头，周厂长，这孩子还小，你不能作践他！

周蒲田说，这是液体面包，一般人还享受不了呢，让我小弟弟喝点，对他身体发育有好处！对吧，周游？

我趴在桌子上，头有些晕。我结结巴巴地说，对，是我自己愿意喝的！

你看是不是？周蒲田就倒上一杯啤酒，从椅子上站起来，来到王奔儿的跟前，来来来，奔儿，你也喝一杯！

王奔儿用手挡住周蒲田的胳膊，我不喝，我不会喝酒你不是不知道？

周蒲田说，别跟我说瞎话，你会喝，咱们在工地上的时候，你常买了酒和蘑菇叔喝。

他是他，你是你，那时候，我看他干活太累，就陪他喝点解解乏。

今天我也累了，你也喝点陪我解解乏。周蒲田就又端过酒来，往王奔儿的跟前送。他这回不是送到她手上，他是送到她的怀里。酒杯就碰到了王奔儿的胸。王奔儿一下子把他的手和酒杯打到了地上。我看见那啤酒花啤酒沫儿和玻璃碴儿在洋灰地上跳跃着，歌唱着，我觉得有些好玩儿。那啤酒瓶子摔在地上的声音像音乐，迷迷糊糊中，我看见周蒲田和王奔儿在音乐里扭动着舞蹈着。周蒲田的脸在灯光下泛着绿光，他抓到了王奔儿打掉酒杯的那只胳膊，又抓住了王奔儿那只没有打掉他酒杯的那只胳膊，他嘻嘻地笑着，王奔儿，你这种刚烈劲儿，让我又回到了工地上。我在晚上去约你，去叫你出来看工地上的月亮，你不来。我去拉你的手，你也是这样摔我。我的犟劲儿也上来了，我就硬抓你。这时候，蘑菇叔，哼那个周蘑菇却出现了，他给了我一脖儿拐。他凭什么给我一脖儿拐？就因为他是瓦匠师傅，我是学徒工？就因为他比我老，比我黑，比找壮？就因为他有一把好瓦刀？

是，我喜欢他的瓦刀。王奔儿的手被周蒲田抓住，又被他拧在背后。王奔儿说，周厂长，知道我为什么不和你出去看月亮吗？你花花肠子多！

周蒲田哈哈地笑了，你说得对，奔儿，我是花花肠子多。我是动了你的心思，我就是在南方打工的时候，我也在动，我就是和我老婆睡觉的时候我也在动。我动什么心思呢？我就是想你——王奔儿想把双手从周蒲田的双手里抽出来，周蒲田就增加了力道。王奔儿就叹了口一口气，蒲田，我领情还不行吗？可现在我是你的婶子了，你这样让别人看见可不好！

周蒲田鼻子里哼了一声，我才不管婶子不婶子的呢，我更不怕别人看见！我就是要揉揉你的面团，怎么地吧？周蒲田就松开了奔儿的手，然后把王奔儿抱住了。我迷迷糊糊中，看见周蒲田把王奔儿抱住了。抱住她往里屋去了。我闭上了眼睛，但我看见了王奔儿往后撤屁股，我听见了王奔儿小声嘟囔着，蒲田，你个鬼，你喝多了。周蒲田说，我喝多了才说了真心话，我喝多了才敢这样。我这时候头更加晕了，我要睡着了，我最后听见王奔儿大喊了一声，不行坏蛋，我肚子里还有一个小人呢——

第二天我醒来的时候，我发现我已经在自家的土坯炕上了。我还发现王奔儿早已醒了。她睁大眼睛望着坯房顶，望着坯房顶上那一根带着树杈的裂了缝的杨木檩条。那时候，我还不知道将来有一天这根杨木檩条和一条软软的绳子会把王奔儿的性命带走，而这一切都与我和桃蕊的婚事有关。我的头这时候已经不疼了，我说妈，你望檩条又不能当饭吃，我饿了，我吃了饭我还要上学去呢！

王奔儿一掀被子想起来，可又躺下了。我看见她很柔软，很疲倦。她的头发模糊了她的脸。她的身下有一片红，阴湿了屁股下面的褥子。王奔儿喘着气说，周游，你起吧，今天咱们不做早饭了，你街上买点吃吧。我以后在化工厂也不做饭了，蒲田已经答应我到财务部去当出纳了——

我到化工厂打工不久，王奔儿就不当出纳了。她又回到伙房去做饭了。她的出纳由我后来的媳妇儿秋桃蕊接任。王奔儿想不明白为什么她的出纳会让桃蕊接任，她不想再在化工厂干了。她想在自己承包的20亩地里种棉花。可是这时候周蘑菇出事了。拿着瓦刀奔跑的周蘑菇，虽然他的瓦刀在外面跑惯了，跑野了，跑成气候了，但难免一摔。他莫名其妙地就从建筑工地上的脚手架上摔了下来。他后来跟我探讨说，周游啊，你说我也没喝酒，也没打盹儿，更没做梦，你说我怎么就从脚手架上摔下来了呢？

我说过我是一个不喜欢说话喜欢思考的人，我望着周蘑菇痛苦的腿和痛苦的表情，还有他那痛苦的瓦刀，我说，你的瓦刀不愿意干了，你……你的心思已经不在脚手架上了！

周蘑菇就把瓦刀插在泥土里，两只阔大的手就摁住了我的肩，我感觉得出他手上厚厚的老茧像钉子一样，扎得我疼痛难忍。他说，周游，谁说你傻？你精着呢！你说得对，说得好，我和瓦刀其实都想回家了——

周蘑菇的右腿就这样摔成了残疾。他成了铁拐周。王奔儿把他的瓦刀收了起来。王奔儿摸着瓦刀抚今追昔。王奔儿的眼泪就滴答到了瓦刀锃亮的刀刃上。她把瓦刀放在了床下，又放到了床上，放到了被子里面。我长大了，我和他们分开睡了。那瓦刀就成了王奔儿的另一个儿子。王奔儿就又从棉花地里回到了化工厂，回到了伙房，继续给工人们做饭。她唯一的条件就是要求周蒲田让他蘑菇叔到化工厂当门卫。

如今我们有三个人都在周蒲田的化工厂打工了。车间里有我，伙房里有我妈，大门口有我爸。周蒲田成了我们的厂长，成了给我们发工资的人。我们都成了周蒲田的工人。但这还不够，后来又有了第四个人。那就是桃蕊。啊，我绕了这么大的圈子，终于又说到桃蕊了。

桃蕊在进化工厂当出纳之前是和周舟谈恋爱来着的。桃蕊、周舟，还有我，我们是同学。小学同学，初中同学。后来他俩又成了高中同学。他们上得是普通高中。我没有上高中，我就让王奔儿把我拉下来了。如果王奔儿不把我拉下来，说不定和桃蕊谈恋爱的会是我。那时候，周舟还没做面部整形。他也是瓦刀脸，我也是瓦刀脸，可我比周舟功课好。我上高中一定会是考重点高中，考重点大学，你说和桃蕊谈恋爱的不是我还能是谁？可惜了桃蕊啊，和周舟谈了一年，就被周舟甩了。周舟又看上了刚来古洋村当村官的女大学生米雀儿。桃蕊一点也不觉得可惜，她也不打也不闹，而是带着他的两个哥哥来到了化工厂，来到了周蒲田的办公室。桃蕊坐在了周蒲田的对面，来回交叉着她裙子下那两条颀长而洁白的腿。那动作一看就知道她是跟《本能》上莎朗·史通学的。这是一个很洋气的动作，这是一个很挑逗的动作，一般人是学不来的，一般人也是学不会的。做完了这动作，桃蕊就把周蒲田的目光从腿上吸引到了嘴上。桃蕊的嘴说话了，周厂长，地球人都知道我和你家周舟好了一年多了，好了一年多，就等于我跟着你儿子混了一年多，可是这一年多，我能落了个什么？我没能落什么，你说我能就这样完了吗？

我猜周蒲田那一刻是被唬住了。不是被桃蕊的嘴巴唬住了，而是被桃蕊的两个哥哥唬住了。桃蕊的两个哥哥我见过，一高一矮，无冬历夏都赤着脚膊，纹着纹身，高的纹着青龙，矮的纹着白虎。腱子肉鼓鼓囊囊的，蛮力像要冲破了皮肤一样。周蒲田的眉头就不显山不露水的皱了一下，他大骂周舟不是个玩意儿是个混蛋，骂完之后，他沏上三杯龙井，拿着个信封一起端到了桃蕊兄妹跟前说，妹子，兄弟，你们喝杯茶消消气，然后拿着这点钱去吃顿饭去吧！赶那个混蛋回来，看我不废了他！

桃蕊夺过信封交给了她哥哥们，然后站了起来，她在周蒲田的办公室里来回走了两圈，一屁股坐到了周蒲田的老板椅上，前后晃悠了几下说，我不走了，我早就知道你家厂子搞得不错，我毕业了也没工作，我就在这厂子上班了！我要清闲工作，我还要高工资！周厂长，你看着办吧！

就这样，桃蕊留在了厂里，接任王奔儿做了出纳。

桃蕊做了两年出纳以后的一天，周蒲田把我从车间喊到他的办公室。又把门卫周蘑菇，厨师王奔儿一起喊来了。我们看到秋桃蕊从周蒲田的卧室里羞答答地走了出来。她没有穿她的超短裙，也就没露出她那两条颀长洁白的双腿。她穿着一身很宽松的衣裤，看得出那衣裤质地很好，柔软下垂，很合身地与桃蕊身体的成熟的曲线融在了一起。最打我眼的是桃蕊的头发，金黄的，长长的，直直的，披散在两颊和肩头，衬得那张年轻的漂亮的脸更加白皙。桃蕊符合我的审美观，桃蕊是我视野里有限的女孩中最为突出的一个。我真羡慕周舟，这么好的女孩你能够弄到手，真是造化啊。我又痛恨周舟，这么好的女孩你不珍惜，真是暴殄天物啊！我的心里突然就冒出了这样一个成语。冒出了这样一个成语，既说明我是一个有文化的人，也说明我在初中语文老师的指导下背过成语词典。什么是天物，那时候我没见过，这时候我见过了，桃蕊就是天物，桃蕊就是我周游的天物，假如桃蕊跟上我，就是……就是不跟我睡一张床，不和我有那事儿，不和我生儿育女，我也愿意，我也愿意伺候她，爱护她，疼她，照顾她。可是，这可能吗？

可能，一切皆有可能。你一定猜出来了吧。周蒲田把我们三个人召集到他的办公室，就是来给我提亲的，提谁？秋桃蕊。

周蒲田对我们一家人说，蘑菇叔，蘑菇婶，还有大兄弟，你看咱们老街旧邻的这么多年了，咱们亲如一家，不，咱们比一家还亲。你们家烟囱里冒出的烟飞到我家的院子，能把我们工人熏得咳嗽不止；我们厂子的机器响声也能让你们半宿半宿的睡不着觉。可是为什么我们还这么好，还这么和睦相处？就是我们是本家，就是我是我蘑菇叔的徒弟。我不能忘记我跟着我蘑菇叔登梯子爬杆儿、砌砖垒墙的日子，那是我创业的开始啊！所以，我混个人模狗样的，我就一定也不让你们吃亏，所以我都让你们来我的化工厂上班了。虽说挣钱不多，但总比天天披星戴月去大洼里榜大地强吧？但我还是觉得不圆满。我是说，我周游兄弟该娶个媳妇了！

周蘑菇蹲在地上一言不发，抚摸着拐腿抽他那几十年不变的大公鸡烟。王奔儿搓着手上的面说，是啊是啊蒲田，可是我家条件你是知道的，三口人还挤着那三间土坯房，再说了，你兄弟基础也不好，他长个瓦刀脸，说话呜呜曩曩的，像整天感冒似的，没人寻啊！

我腻歪死了王奔儿这话。如果说平常，没有桃蕊在场的时候，你说我什么都行，随便说，往深处里说，都没关系。可现在有桃蕊在场，你王奔儿还这样不管不顾地贬低我，让我的面子往哪里搁？桃蕊是谁？是我的同学，是我的天物，你这不是故意寒碜我吗？我说话慢，我说话呜呜曩曩的，但我这时候也不能不站出来为自己说话了。我说，妈你别看不……不起人，我瓦刀脸还不都是你和我爹玩儿瓦刀玩的？怨谁？怨你们？再说了，我瓦刀脸怎么了？我有思想，我有力气，我心眼好，会有人看……看上我的！

周蒲田哈哈笑着，接着我的话茬说，我兄弟说得对，桃蕊就看上你了，桃蕊就让我给你提亲了——

我的瓦刀脸顿时起了反应，我觉得我的血都涌到了我的脸上，热啊！王奔儿的手交叉着，停在半空。就连蹲在地上的周蘑菇也站起来，扔了烟，眼睛瞪得大大的。他看了看周蒲田，又看了看桃蕊，大声嚷嚷着，真的蒲田？你说的是真的？

这时候，桃蕊说话了。她从周蒲田的背后走到了干奔儿和周蘑菇跟前，看了我一眼说，大叔大婶，是真的，我和周游是同学，在一个厂子里又就了这两年的伴儿，我觉得我俩还是有感情基础的，只要你们不嫌弃我和周舟谈过对象，我愿意去你们家当儿媳妇！

她愿意？桃蕊说她愿意？我的血一卜子又从脸上回到了身体的各个血管里。我走到桃蕊身边，我拉住桃蕊的手，我说，桃蕊，你太让我感动了，我……我要为你作一首诗！

拉倒吧你，诗就别做了！周蒲田搡了我一下，就把我从桃蕊的身边搡开，桃蕊可是有条件的，你们必须盖上4间大砖瓦，要挑灰灌浆的，要前面出厦子的，还要精装修的，她才能嫁给你！

周蒲田的话，无疑给我们下了一场霜，我们一家人顿时像霜打的茄子蔫了。周蘑菇重又蹲到地上，我的血又回到了脸上。只有王奔儿还能说话，她说，蒲田，这条件有点高，像你说的这个，怎么着也得七八万，可我们目前才有两万块的积蓄，怕……怕盖不成！

桃蕊抱住了王奔儿的肩膀，贴着她的耳朵说，婶儿，没关系，周厂长早就给咱们想好了，他的厂子要扩大要从村子里搬出去，他想占用你大桥南面承包的20亩棉花地！

王奔儿说，那……那给多少钱？

桃蕊说，哎，婶子，什么钱不钱的，让周厂长先帮咱盖起房子来再说！

周蒲田也过来，抱住了王奔儿和桃蕊俩人的肩膀说，只要你答应，桃蕊先过门，盖上房子再举行结婚典礼！

不，盖上房子再过门，我不能委屈了桃蕊！我把瓦刀脸上的血重新划拉到身体的各个血管里，一举数得，我觉得周蒲田的计划太完美了！周蒲田真是个人才！

可我爹周蘑菇却站起身来，没有表态。他重新从干瘪的烟盒里掏出一根烟，这是最后的一根烟。他把皱巴巴的烟盒使劲攥了一下，又皱巴了一下，扔到了痰盂里。然后他转身推开周蒲田的办公室，一瘸一拐地径直回他的警卫室去了。这个周蘑菇，真是个蘑菇人。

王奔儿和周蒲田在土地转让使用协议上签了字。村干部出面，周蒲田又在饭店里请了回客，他搬迁的事和我的婚事就算是定了下来。然后就是破土动工，然后就是周蒲田出资，新化工厂和我家的新房一起建设，然后就是一起投入使用，然后就是蒲田化工厂搬迁开业典礼仪式与我和桃蕊的结婚典礼仪式同时举行。

结婚典礼举行后，桃蕊就是我的媳妇了。我惦记着新婚之夜，一定要和我媳妇好好过。我牢记着周蘑菇的话，在婚宴上千万别喝多了，就是谁让你喝你也得自己长个心眼，能喝饮料的时候不和啤酒，能喝啤酒的时候不喝白酒，非喝白酒不可的时候就少喝，趁人不备的时候就洒洒啊。王奔儿也在我耳朵跟前嘀咕，儿啊，千万别心疼那酒，这一天身体比酒金贵，你和桃蕊还要……啊，明白吗？

我是个听话的孩子。我听了周蘑菇和王奔儿的话。我和同学朋友，和街坊四邻的，和亲戚里道的，都没喝酒。我就是和周蒲田喝了一杯。周蒲田是我的厂长，是我的大媒，他给了我工作，给了我媳妇，给了我男人的尊严，我必须和他喝一杯。我对周蒲田说，厂长，啥也不说了，我喝得第一杯酒是你给我倒的，我领的第一个月的工资是你给我发的，我娶得第一个媳妇是你给我寻的，我敬你一杯！周蒲田和一屋子的人都笑了，我觉得我没说错。我说的可是肺腑之言。周蒲田看着我杯子里的白酒，心疼地说，周游啊，你今天可是大喜的日子，大喜的日子你就别喝白酒了，换换吧！

　　周蘑菇就去了我们的洞房。他从我们洞房里倒来了一杯红酒。他说，我喝白的，你喝红的，你今天任务艰巨着呢！我听出了周蒲田的弦外之音，我感谢他的弦外之音。我就和他换着喝了。

　　问题就出在这杯红酒上。我醉了。我真没用。我酒量不错啊，我啤酒能喝五六瓶，白酒能喝五六两，我怎么一杯红酒就醉了呢？我醉了，我就在婚床上和衣睡了一晚上。我醉了，我就把新床新被，还有新娘的身上吐得都是脏东西。我醉了，我就没能和桃蕊干我最想干的事。我早上醒来后，我看见桃蕊正坐在床边儿擦眼睛。我说，桃蕊你躺下。桃蕊说不。我说你是我媳妇怎么不躺下呢！桃蕊说，我躺了一晚上，也给你擦了一晚上，你就像死个猪似的呼噜了一晚上，你说现在这种气氛我还能躺下吗？我转转发沉的头，眨眨发涩的眼睛，闻闻发酸的气味，我就觉得桃蕊说得很对，我说，那就算了吧，我起来洗洗被子，洗洗你的衣服，躺下的事情，那就晚上再说吧！

　　晚上什么事情也没说成，更没做成。那晚上我没喝酒，等来串门道喜的人们走了以后，我早早地回到了我们的洞房。我锁上门，我就把桃蕊抱住了，我就把我的新娘抱住了。我就抱住了一个梦，抱住了一个希望，抱住了一个现实。桃蕊像梦一样迷人，像希望一样撩人，像现实一样喜人。我跃跃欲试。但我听见桃蕊叹了口气，一口长气。我问，怎么了桃蕊，这么好的夜晚你怎么叹气？桃蕊挣脱了我的怀抱，说周游，我大姨妈来了。我一愣，屋里没人啊，你大姨妈怎么进来的？桃蕊说，你别跟我装傻，我大姨妈白天就来了。我说，没见到啊，你怎么没说你有个大姨妈啊？桃蕊这从裤兜里掏出一张卫生巾，我说的是例假，你是真不懂还是假不懂？我一摸脑袋，划拉了一下我的瓦刀脸，嘴角挤出了一丝笑容，我说，这个，我是真不懂！桃蕊摇摇头，抱歉地晃着卫生巾嘟囔，不对啊，不应该这么早啊，我算着不应该这么早啊！就算是来了，第一天也不会这么量大啊！我瞥了一眼染红的卫生巾，我的身体煞了气！

第三天，就是桃蕊回门的日子。一大早，她的两个哥哥青龙白虎就开车来接了。我提着准备好了的礼物，想跟着桃蕊一起去。这也是我应该去的礼节。可青龙白虎把我拦住了，他们说，你甭去了，你去上班吧！

桃蕊一去就是好几天。我把她接回来后，满以为会成为真正的新郎的，可还没等我脱掉桃蕊的衣服，她就哇地吐了起来，吐在我亦裸着的下身上。桃蕊漱完口回来说，你看，周游，我都让你弄出病来了，只要我回到这个房间，我就会想起你新婚之夜醉酒的场面，我就恶心呕吐，我就一下子失去了兴趣，我……我就什么也不想了。我搂住桃蕊，我说，没关系桃蕊，我能搂着你就很满足了，我说过，假如你跟上我，就是……就是不跟我睡一张床，不和我有那事儿，不和我生儿育女，我也愿意，我也愿意伺候你，爱护你，疼你，照顾你。桃蕊摸着我的瓦刀脸说，你什么时候说的？我怎么没听见？我说，就是那天周蒲田给咱们提亲的时候说的，你不会听见，我心里说的！桃蕊说，那要是我真的一辈子也不能和你睡觉，你也愿意？我摸着我给桃蕊买得订婚戒指说，我愿意，可是为什么呢？桃蕊说，我……我坐下病了。我一惊，什么病？桃蕊一笑，你知道的！

我知道？我知道什么？桃蕊的话像谜一样折腾着我，让我不得安宁。我是一有时间就琢磨。琢磨桃蕊的笑容，琢磨桃蕊的话语和行动。尤其是晚上，桃蕊回娘家的时候。她经常回娘家，而且一住就是三五天，或者十多天。有时候，不回来了，在厂子里跟我说一声，有时候就回去后再给我发一条短信。然后就是关机。我不明白除了结婚的那天我喝醉了酒我还有什么做错了的地方，我也不明白桃蕊为什么这样躲着我？我更不明白，你既然看不上我干嘛还和我结婚？直到那天我发现了桃蕊的那个秘密。

那纯属一个偶然。那天，我和几个工友去火车站给厂子里发货。回来后都半夜了，我让周蘑菇开了门，我要脱掉工作服换上我的西装才能回家去。我总是用这样干净的打扮等待着桃蕊的回来。我已经养成了在单位换衣服的习惯，我不能把化工厂的气味带回家去，那样化工厂的气味和房间里遗留下来的酒味儿会更加重桃蕊的病。她的病加重了，甭说我和桃蕊睡觉，就是再搂搂她都会变得不可能的！

我们的厂区很深。王奔儿承包的20亩地，还有周蒲田在河堤上开出的地，老大的一片。如今已是葱郁茂盛，生机勃勃。一进大门是保卫区和停车区，隔着大影壁是销售部和计划部，接着是厂办，再后面是财务部。财务部后面是生产区和职工宿舍，职工食堂。我在经过财务部的时候，我留意了一眼。我留意了一眼，完全是因为我对财务部有感情，因为桃蕊在财务部做出纳。我没有别的意思。但我还是发现了别的意思。我发现财务部还亮着灯，我还发现周蒲田的黑色宝马车停在财务部前。我放慢了脚步，我慢慢地走进财务部。我想往屋里看看。可屋里挂着窗帘，我什么也看不见。我听着里面有人说话，两个人说话，一男一女。但我听不清说的是什么，声音很低，像在商量什么事情。突然灯就灭了。很快灯又亮了。然后就是人离开椅子，关上房门一起出来的声音。我赶紧躲到墙角，灯灭了，门开了，我看见两个人相拥着走了出来。男的给女的拿着包，女的给男的端着杯。他们上了宝马，他们发动了引擎，他们起步了。他们穿过厂办，穿过销售部和计划部，绕过影壁。周蘑菇把门打开了，那一开一关就红灯闪烁迷离人眼的旋转门被我爹周蘑菇打开了。周蒲田的宝马车就出了厂区，上了公路，疾驰着开走了，开进了无边的黑暗里。

我气喘吁吁地跑进警卫室，对着周蘑菇喊叫着，周蒲田带着桃蕊去哪里了？

周蘑菇披衣起来，嘴里还叼着烟，你小子犯病了？人家厂长一人走的，去城里住了，他明天去深圳开订货会！

我知道了，那宝马车贴着高级膜，封闭那么严，周蘑菇老眼昏花的怎么能看得见里面几个人呢？唉，我爹的手不再拿着瓦刀奔跑了，他的腿瘸了，他的眼也瘸了。

可王奔儿的眼不会瘸吧？我把我的发现告诉了还等着我、没睡觉的王奔儿。王奔儿却在床上摸着周蘑菇那把瓦刀平静地说，儿啊，这不算什么，比这更严重的事情也来了。我说，什么更严重的事情？王奔儿说，地啊，土地啊，土地局啊，土地局的今儿个把我调去了，咱的20亩承包地不能随便买卖啊！这是违法的，要罚款的啊！我问，多少？王奔儿答，多少？卖了房子卖了你也不够啊！我说，那周蒲田不也得罚吗？王奔儿说，是啊，也罚，可他有钱有关系，能交上啊！可咱们俩眼一抹黑，也没钱，弄不好，还得坐牢啊！

我看见，王奔儿的眼泪就落在了瓦刀刃上！

第二天大清早，王奔儿就开始拿着瓦刀奔跑了。她起来，草草地擦把脸，从被子里掏出瓦刀，在地板砖上蹭蹭，唰唰唰唰，反正面，她蹭得很仔细。直到蹭得瓦刀发烫她才停止，然后她唧里咣当地走出卧室门，走出二门，走出大门。在走出大门的时候，她还不忘冲着我们屋里喊一声，周游，起床啊，起床让你媳妇儿做饭——

然后，王奔儿就蹭蹭蹭地跑了。

我觉得王奔儿的喊叫有问题。昨晚我才告诉她，我看见我媳妇儿桃蕊和周蒲田出门去了城里，去了深圳，是我爹周蘑菇放他们走的。可今早她就喊叫让我媳妇起来做饭。这不是有问题是什么？王奔儿，我的妈呀，你还让桃蕊起来做饭呢，你不知道，她好长时间就不回我这屋子里了？你还不知道，我现在连她动都没动过呢？我……我是废物呢！但我的脑子没有问题。我前前后后左左右右这么一想，我好像觉得周蒲田和桃蕊是去躲避风头，我还觉得周蒲田让桃蕊和我结婚自始至终就是个骗局。

我想王奔儿当然知道这些。她应该比我老道，比我更了解周蒲田，比我更了解周蒲田与桃蕊的关系。所以她就受刺激了，所以她就崩溃了，所以她就不能再在伙房里给工人们做饭了，所以，她就拿着瓦刀上街奔跑了。

有一段时间，王奔儿的奔跑成了我们古样村的一景。

王奔儿拿着瓦刀砍人是半月以后的事情。那天她揣着罚款单从土地局回村，罚款单和她怀里的瓦刀一样沉重。她不知道自己应该到哪里去。回家，她会看到我家空洞的院落，空洞的新房，还有我和桃蕊的结婚照在墙上虚伪地摆着姿势；回化工厂，她会受到门卫周蘑菇大声的呵斥；在大街上奔跑，她现在又没有了兴致。她觉得她的奔跑好像要告一段落了。她甚至觉得她应该要干一件更重要的事情来代替奔跑了。王奔儿那时还不知道这件事情是什么。

王奔儿摇摇晃晃来到了古洋河边，一屁股坐在了堤坡的草地上。她望着干涸的河床，望着干涸的河床中间那一脉黑得发青的印痕。印痕里有水在流动，那是蒲田化工厂又在偷着排水了。刺鼻的气味在黄昏里打着卷重重叠叠地穿破稀薄的空气飞快地向王奔儿撞来，撞到了她的身上，撞到了她怀里的罚款单和瓦刀上。瓦刀就疼痛地颤抖了一下。王奔儿就又觉出了这种颤抖，她掏出了瓦刀。她把瓦刀举起来，举到眼前。瓦刀锃明瓦亮，像面镜子。王奔儿在镜子里看到了周蒲田，看到了那个我和周蒲田喝酒的遥远的夜晚。就是那个夜晚，她失去了作为女人的尊严，也失去了肚子里的小人儿——另一个孩子。她看到了周蘑菇，看到了和周蘑菇在一起的日月，包括周蘑菇拿着瓦刀和不拿瓦刀的日月。她看到了我，看到了我的瓦刀脸在桃蕊和周蒲田的面前，汪起来了一汪泪水。她还看到了自己，看到了自己缴不上罚款，会被判刑，会被放进监所，穿上宽大的狱服，像个病号一样失去奔跑的自由……她想所有的这一切，都是因为周蒲田。因为周蒲田这个鬼，这个混蛋，这个流氓，这个有钱人。有钱真好，有钱了，就可以开厂子，招工人，赚更多的钱，有钱了就可以占有别人的女人，就可以占有别人的土地，甚至有钱了就可以买通关系少缴或者不缴罚款，不去坐牢，还可以拿着钱和别人的女人去逍遥自在……周蒲田，你怎么就这么有钱呢？你怎么就这么有能耐呢？你怎么就这么不顾及别人的感受不管别人的死活呢？周蒲田，你怎么出门就不被汽车撞死、火车轧死、不被飞机摔死呢？你不被汽车撞死、不被火车轧死、不被飞机摔死，那你也得回来啊！你回来我就用瓦刀把你砍死。我把你剁成肉酱、肉末、肉渣，我让你挣不上钱，开不了工厂，占有不了别人的女人，占有不了别人的土地……

王奔儿这样想着，这样看着镜子。她就又看到了周蒲田。她看见他从深圳回来了，回到了村子，回到了工厂。他在工厂里伙房里看不见她王奔儿，就出了厂办，就出了大门，就来到王奔儿的家。他喊着王奔儿王奔儿，就又沿着街道向北，来到了古洋河堤上，来到了王奔儿的身边。奔儿，奔儿，这是含着柔情的呼喊，这是那个跟在周蘑菇屁股后面偷偷注视着她的年轻的小工遥远的呼喊。喊声里，王奔儿真觉得身边来了一个人。模糊的泪眼里，王奔儿看见真的是周蒲田来了，蹲在了她的面前，一手扶着她的肩，一手抚着她的脸，奔儿，奔儿，你别哭了，起来，回家吧——你不要喊我，你不要再骗我，我不会再相信你，是你害苦了我，害死了我，我要砍你，砍死你！王奔儿这样说着，就把面前的人推倒，拿起瓦刀，挥舞着，照着这人的脑袋砍了下去！一瓦刀，两瓦刀，三瓦刀，她一共砍了三瓦刀！

但王奔儿砍错了，那人不是周蒲田，那是周蒲田的娘。周蒲田的娘，那个老太太，吃完晚饭，有到堤坡上遛弯的习惯。那天，老太太吃饭吃得有点早，就出来的有些早，就早早地看见了在堤坡上伤心欲绝的王奔儿。她上前去劝说王奔儿，就让王奔儿把她当成了周蒲田。

　　我猜，王奔儿那件重要的事情算是完成了。

　　但我这回猜错了，这还不是王奔儿那件最重要的事情。最重要的事情还在后头。周蒲田的老娘住进了市医院。周蒲田终于回来了，他一人回的村子，他的身后没有桃蕊。我的媳妇桃蕊和我失去了联系。她的手机停机了。

　　周蒲田回来做的第一件事情就是把我和周蘑菇开除了。第二件事情就是让周蘑菇和我替代周舟和那个村官米雀儿，天天轮流着去照顾他脑袋做了手术的老娘。在医院里，周蘑菇不能抽他的大公鸡香烟了，那样他会受到带着白帽子穿着白衣服抹着白脸蛋儿的护士的呵斥。他打着哈欠给周蒲田的老娘端屎端尿，一瘸一拐地给周蒲田的老娘打水打饭，有时候由于他掌握不好平衡，走廊里还经常有他晃悠出去的水或者饭，护士就又找过来，呵斥着他拿着墩布一下一下地去墩地。最让周蘑菇犯愁的是，病人的液输完了，护士还不来，他去喊护士换液，找不到护办室，就在走廊里急得猴烧着屁股一样，扯着嗓子大喊，换液啊换液，要不死人了——护士过来了，温柔的小嘴甩出一句漂亮的话儿，喊什么喊，她又不是你妈！

　　周蘑菇就没话了，他在医院里，十天才和我说了一句话，他说，儿啊，你妈，你妈她糊涂啊——

　　我不承认王奔儿糊涂，我倒觉得王奔儿很有骨气。但王奔儿的骨气到底还是被周蒲田给打压了下去，打压得没有了骨，也没有了气。周蒲田做的第三件事情就是搬着一块大石头找到王奔儿，他把石头轻轻地扔在王奔儿做饭的锅里，那口新锅就漏了粥。周蒲田对王奔儿说，王奔儿，你不仁我也不义了，我给你盖房子娶儿媳妇，给你一家四口安排工作，让你们过上幸福生活，你却这样对待我，对待我娘，我和你那点情义算是完了！

　　不，不能算完！周蒲田又说，我娘的住院费、医药费，我的误工费你都要出，我娘出院后，你还要亲自照顾，还要赡养，你准备10万块钱吧！

　　王奔儿悄悄地回了屋，她从被子底下摸出了那把瓦刀，挥舞着向周蒲田砍去，周蒲田，你他妈的胡呐，我要是砍不死你，我就死给你看——

　　王奔儿当然砍不死周蒲田。周蒲田不是他娘，他是一个男人，一个很强壮的男人，王奔儿怎么会砍得死他呢？周蒲田很利落地躲过瓦刀的攻击，又狠利落地夺过王奔儿手里的瓦刀，连看也没看，就扔在了王奔儿的脚下。咣当一声，瓦刀摔在灶火旁，发出了痛苦的呻吟。然后，周蒲田就走了，临走时，他还不忘撂下一句话，他说王奔儿，看在我睡过你的份上，我就给你减两万，8万，一分也不能少，你准备钱去吧！

我在医院里也能看到，王奔儿就瘫在了地上，瘫在了灶火旁。从锅里漏出来的粥在灶膛里刺啦刺啦地响着，粥漏完了，灶火也灭了。

王奔儿最后吊死在了那根带着树杈裂了缝的杨木檩条上。王奔儿没有吊死在新房里，她给我留下了一个干净的房子。王奔儿穿上在我婚礼上做的那件红色的衣服，从新房里出来，来到了和周蘑菇有过多少欢乐和痛苦，生过我养过我的土坯房里。她看到了那根她一睁眼就能看到的檩条，她知道那是她的归宿，她的宿命。她的手里有了一根绳子，很细的一根绳子，那是周蘑菇干瓦匠活用来找直线的一根绳子。就是这根细绳和那根裂了缝的檩条，帮助王奔儿完成了她那件最重要的事情。在以后的多少个日子里，我一直心存疑问：那根细小的绳子，软软的，轻轻的，王奔儿是怎么扔到檩条上去的呢？就算是拴上去的，脚下也应该有蹬着的椅子或者凳子什么的啊。可王奔儿脚下什么也没有。怪了，王奔儿就这样悬空而吊。

周蒲田的老娘出院的那一天，王奔儿出殡。这时候，桃蕊出现了。她也穿上了白色的孝衣。她现在还是我的媳妇，她应该来给王奔儿送殡。按照乡俗，我打幡，她抱罐。我们一起发送王奔儿，也就是她婆婆。但令我吃惊的是，她怀里还抱着一个约莫三岁的女孩儿。

在王奔儿的灵堂前，秋桃蕊哭着和我说出了我想知道的一切。桃蕊说，周游，你别犯寻思，这不是你的孩子，是周蒲田的。也许是周舟的。我们没有去深圳，根本就没什么订货会，我和周蒲田就在城里躲了这些天。我关了手机，后来又换了号。你怎么会联系得到我呢？周蒲田是想找找关系花点钱，连你妈的罚款也缴上的。反正房子也盖了，工厂也开了，税款也缴纳了，应该没问题的。可谁知道你妈就砍了他吗？可谁知道你妈她又走了绝路？周蒲田也后悔啊，他把肠子也悔青了。他和我说，桃蕊，我就是想吓唬吓唬王奔儿，你说老街旧邻的，论乡亲辈儿，他还是我婶子，我能让他赔10万块吗？算了，他说这10万块也不要了，他还说让我回来，还说完了事，让你爸和你继续回化工厂上班。如果你不嫌弃，出完殡，我就不走了，好好跟你过——

我思考着桃蕊的话，我没有吱声。我戴着重孝，勒着头，我出了很多汗。雾里看花，水中望月，我不知道桃蕊的哪句话是真哪句话是假。但有一点是真的，王奔儿死了。王奔儿是因为我的婚事而死的，是因为那土地的事情而死的，桃蕊也好，周蒲田也好，无管怎么说，都要负责任的，都要付出代价的。我没有看桃蕊，而是一把拽住她，一起跪在王奔儿的灵前，大哭起来。

这时，鞭炮响了，哀乐响了，起丧了！

灵车绕村一周，缓缓而行。来到周蒲田的化工厂门前，我让所有的人停下了。我们的坟地就在蒲田化工厂西去不远的河堤上。音乐队，大鼓队，踩高跷的，扭秧歌的，唱歌的，跳舞的，在这里折腾了两个小时。灵车驻足，白衣翻飞，纸糊的车马人都活了起来，围着王奔儿手舞足蹈，泪飞倾盆。周蒲田大门紧闭，工厂停业，工人们都翻墙跑出来看热闹。在村干部和红白理事会的劝说下，我才答应重新启程。我让忙活事的村民们放了一通花鞭。那花鞭飞上天空，分外响亮。只有我自己知道，我把王奔儿的部分骨灰让鞭炮商掺在了火药里。那升上蒲田化工厂天空的灿烂的礼花，有王奔儿的骨灰，有王奔儿生命的绽放。

给王奔儿圆完坟，我去了趟土地局，去了趟环保局。我把我和村民们写的材料递了上去。给王奔儿过完了五七，我拿着瓦刀去了城里。临行前，周蘑菇送我，他一瘸一拐地把我送到汽车站。汽车站是原来的蒲田化工厂，地上面的建筑已经被完全拆除，土地重又收归国有，变成了一马平川的停车场。停车场北边的古洋河里，那一脉黑得发青的印痕不见了。从白洋淀里放下来的清水覆盖了它。堤坡上空气新鲜，秋深似海。一群白云一样的绵羊在悠闲地吃草，那个牧羊的老汉躺在树荫里翘着二郎腿在听单田芳的评书。周蘑菇点上了他一成不变的大公鸡香烟，用力吸了一口，连同新鲜的空气一起吸进肚里，又痛快地喷了出来。周蘑菇说，儿啊，别看我什么也不说，我可是什么都清楚啊！

我不知道周蘑菇清楚什么，我没有问他。我的瓦刀脸现在变得更加严重了，我一说话脸部肌肉就疼。我只是从行李包里掏出来一样东西，那是桃蕊退给我的订婚戒指。我蹲下身去，捡起了一块砖，又垫上了一块砖，我狠狠地把戒指砸断，然后交给周蘑菇。我疼痛地说，爹，你带回去吧，带回去留个纪念吧！有困难的时候，就把它卖掉花了吧！

车来了。在秋风中，我拿着瓦刀上了车。

我，也要循着周蘑菇年轻时的脚印，拿着瓦刀去大大小小的建筑工地上奔跑了。